U0036311

魔豆

魔豆

Priest of Light
光之祭司
vol. 2
香草——著

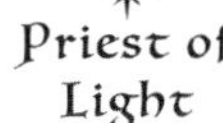

目錄

繪／阿蟬

繪／阿蟬

丹尼爾
半精靈，弓箭手。
擁有空靈的外貌，卻個性彆扭，行事粗魯。
布倫特
龍族（火龍）。
冒險團隊隊長，高大健壯，沉穩又可靠。
Priest of Light
光之祭司
CHARACTERS

艾德
人族祭司。
體弱多病，但身懷強大
的光明之力。
埃蒙
獸族（猞猁）。
活潑開朗，某方面卻很
自卑。極有殺手天賦。
貝琳
獸族（獰貓）。
外表溫柔，性格卻頗為
強勢。擅長各種武器。

01.
尋找妖精

在魔法大陸，每隔一段時間各種族的勇士便會組成一支實力強大的軍隊。這隊集合各族菁英的聯合軍會進入結界討伐魔族，並收回被魔族侵佔的土地。

隨著結界的力量開始減弱，聯合軍的動作便越發地急進起來。他們必須在結界被破壞、死氣蔓延整個大陸以前，盡快封印被稱為「深淵」、連接著兩個世界的通道。

那些被聯合軍收復回來的失地，在祛除了死氣的影響後，隨著年月逐漸恢復過來。然而很多智慧種族的人口數並不多，而且對於居住地也有特定要求。因此這些用不上的土地，大部分都劃到附近種族的名下空置了下來，只有少部分興建成各種族混聚居住的城鎮。

萊克斯城是各族聚居地之中，較為大型的城鎮之一。

與其他聚居地的結構差不多，萊克斯城裡獸族佔了大多數，城裡還有不少路過進行補給的冒險者，街道上行人熙來攘往，很是熱鬧。

這天，萊克斯城迎來了一支冒險小隊。對於這裡的居民來說，有冒險者前來實在是一件很平常的事情。像這種只由數人所組成的小隊伍，理應不會獲得居民的任何注目。

然而這支冒險小隊卻是與眾不同，自從小隊裡加入了一個「人類」同行者，他們無論走到哪裡都是萬眾矚目。

不……應該說是神憎鬼厭才對！

像現在，萊克斯城的居民只要是察覺到艾德身分的，無一不是露出了厭惡的神情，甚至像盯著罪犯般地警戒著他。

有些婦女還抱起孩子直接跑掉，簡直像遇上什麼吃人猛獸一樣。

雖然這裡的居民愛恨分明，並沒有因爲艾德的存在而遷怒布倫特這些「押送」他的冒險者，只是針對艾德一人而已。可冒險者們見艾德被眾人排擠，心裡都有些不是味兒。

即使他們明白這些年所有種族們對人類的偏見根深柢固，那些居民沒有做出過激的舉動已經很理智了，就連他們也曾像這些人那樣不待見艾德。可因爲曾經與對方共患難，他們心裡清楚知道對方是一個很好的人。因此見艾德因爲身分而被不友善地對待，冒險者們的心情便很複雜了。

以往他們從來不覺得是錯的、認爲是理所當然的事，不知道從什麼時候開始，想法卻有了不同。

身爲被各種惡意針對的艾德，卻沒有像眾人所以爲的那麼沮喪，心裡反而很平靜。他並不是對這種狀況感到麻木，只是從決定調查人類滅亡原因的那刻起，便已經做好了承受各種惡意的覺悟。因爲內心堅定，因此反倒不被閒言閒語所困擾，還有心力來安撫因爲那些惡意的目光，而想爲主人討回公道、氣得脹成一顆球的雪糰。

「我早就叫你穿上斗篷，只要遮掩住耳朵，便沒人能夠看出你是個人類了。你偏不聽，眞是自討苦吃！」丹尼爾語氣不好地指責，明明他的出發點是爲艾德好，可這人總能把好意說得像要找碴似的。

艾德雖然是個文靜溫和的病弱青年，然而他從不慣著丹尼爾的臭脾氣，似笑非笑地反問：「戴上斗篷，就像你一樣？」

只是不帶惡意的揶揄，可聽在丹尼爾耳中卻有種被冒犯的感覺。他就像被踩到尾巴的貓咪般，反應很大地反駁：「像我一樣有什麼問題？戴上斗篷遮掩身分，只是爲了省去不必要的麻煩，不代表這樣做是怕了別人。」

艾德點了點頭，道：「我明白你的意思，可我不想這樣做。我不想遮掩身分，是因爲這麼做的話，就像我恥於自身的人類身分似地……這算是我小小的堅持吧？何況我是你們重要的『罪犯』，有你們這些高手保護，即使被別人知道我是人類，也不會眞的出什麼事情，不是嗎？」

艾德已經摸清了丹尼爾彆扭的性格，這人吃軟不吃硬，偶爾逗逗可以，但不想對方眞的生氣的話，記得抓準時機順毛摸。

畢竟形勢比人弱，艾德又完全打不過丹尼爾，他還是很識時務的。

被艾德小小地恭維了一下，丹尼爾雖然還是不認同艾德的做法，卻也只是皺了皺眉，不再多說什麼。

因爲艾德的出現，街道上的人要不一臉厭惡地速速離開，表現出一種恥於與他爲

伍的模樣，要不就是站在一旁對著他指指點點，冒險小隊的四周瞬間變成了眞空狀態一樣。

原本人來人往的街道頓時冷清起來，這就讓幾名在街上玩鬧著的孩子變得很顯眼了。

尤其是其中一個與同伴們互相追逐的小女孩，還正好摔倒在艾德面前，抱住受傷流血的腿哇哇大哭，立即引起所有人的注意。

萊克斯城鄰里關係良好，居民們都樂於照顧城裡的孩子，因此家長很放心讓孩子自己離家玩耍。

見小女孩摔倒在地，艾德下意識便想上前把她扶起。可四周居民銳利與警戒的視線，卻讓艾德前進的腳步停頓了一下。

然而艾德也只是稍微猶豫，便再次邁出腳步來到小女孩面前，伸出手就是一個治療術。

隨著一陣柔和金光亮起，小女孩腿上的擦傷已迅速痊癒。

原本看到艾德向女孩伸出手，居民還誤以爲他要向女孩做出什麼不好的事情。然而不待他們阻止，便見艾德將小女孩的傷治好了，居民紛紛露出了訝異的神情。

他們看著眼前這個擁有一身高貴氣質，卻很溫柔的俊美青年，心裡惋惜著對方是個人類。不然不計他的神奇能力，光是衝著對方那張臉與氣質，便是值得他們結交的人了。

受傷的小女孩只顧著嚎啕大哭，完全不知道自己的傷已經被治好。直至艾德哭笑不得地摸了摸她的頭，告訴孩子「已經沒事了，哥哥已經把妳的腿給治好」的時候，小女孩才察覺到自己的腿早已不痛了。

小女孩仰起了臉，她的臉上仍掛著淚，卻給予艾德一個小太陽般的可愛笑容：

「謝謝哥哥！」

然而不待艾德答話，已經有討厭人類的小鎮居民上前抱起小女孩，並且驅趕著一旁的孩子離開：「你們到別的地方去玩，他是人類，不是好人，你們別接近他！」

「人類」這種早已滅絕多時的生物，對父母來說是用來嚇唬孩子們的好材料。基本上，每個孩子在小時候都曾經被大人們告誡「要是不聽話，會被人類抓去吃掉」這種話。

因此聽到艾德是人類時，孩子們都下意識露出驚懼的神情。只是很快他們便發現艾德的外表與所認知的不同，而陷入了深深的困惑。

於是便出現了小孩子很常見的「十萬個爲什麼」。

「可是他沒有吃小孩，人類會吃小孩呢！」

「這個大哥哥治好了阿莉莎呢！他不是壞人呀？」

「大哥哥的身體不臭啊，媽媽說人類身上都是臭的。」

「爲什麼說大哥哥是人類？大哥哥又沒有七隻眼與滿口尖牙。」

聽到孩子們七嘴八舌的疑問，一眾小鎭居民都感到有些尷尬。

平常對孩子胡說八道也罷，反正都只是嚇唬他們，當然說得愈誇張愈好。再加上人類名聲太差，別人知道這些是胡言亂語也不會說什麼。更別說人類已經消失多年，有不少人對這個種族的了解都因爲謠言而有了誤差。

現在被這些孩子當著當事人的面說出來，一眾大人都有些尷尬了……

小鎮居民邊警戒著人類青年，同時又滿臉尷尬地被小孩子喋喋不休地詢問著「為什麼」，這場面竟然有些搞笑。

艾德則是聽得一臉黑線，所以綜合這些孩子的形容，在他們心目中，人類是喜歡吃小孩、渾身發臭的七隻眼尖牙怪物？

艾德已經不是第一次聽到有人胡亂編排「人類」這種生物了，一開始他因為來到陌生的年代而滿心慌亂，聽到這些充滿惡意的話語時傷心又無措。

可這種鬼話聽多了以後，艾德已經看得很開了，甚至還覺得有些好笑，更為那些人的豐富聯想力而感到萬分驚奇。

即使心裡對這些已經不像一開始那般介意了，但不會有誰喜歡面對惡意，艾德還是幽幽地嘆了口氣。

艾德明白這裡的居民不願意他與孩子們接觸，於是他退後了一步，讓布倫特等人上前面對一眾城鎮居民。

冒險者們前往萊克斯城，是因爲這裡是一個有妖精居住的聚居地。

妖精原野是一個封閉的地方，從不對外開放，母樹沉睡以後更是如此。所有想進入妖精原野的外族，都需要有妖精的引領。

因此艾德他們若要進入妖精原野，首先要做的便是找到一名妖精當嚮導。

當年爲了設立阻遮魔族的結界，每個種族都做出了不少犧牲，其中以妖精最甚。母樹陷入了沉睡，妖精失去了他們的支柱。

妖精原本是不老不死的存在，然而在母樹耗盡力量沉睡以後，這個由母樹而生的種族便開始成長起來。只是作爲長生種，妖精成長的速度很緩慢，到了現在，依然是全民小孩子的狀況。

失去了母樹，也代表這些小可愛們變得無依無靠，自然不能任由他們獨自在妖精原野生活。因此這些妖精都分散居住在各城鎮生活，會有專人照顧他們的起居飲食。

而萊克斯城，便接收了其中一個妖精。

布倫特道出他們的來意：「我們要進入妖精原野，想尋找一位妖精爲我們引路。」

布倫特有著一種特殊氣質，總能給人誠懇的感覺，讓人感到可靠又安心，很好地安撫了居民們因爲人類的出現而變得敏感的神經。

明明火系的龍族比一般巨龍更具攻擊性，然而布倫特的寬厚與溫和，卻能夠讓人忽略龍族充滿侵略性的氣勢。除了因爲他的性情本就如此之外，還因爲漫長的生命所賦予他的沉靜。比別人更多的閱歷讓布倫特經歷過眾多的人生起伏，有著一種歷遍風雨後的沉穩與灑脫。

因此在布倫特出面以後，小鎮居民們立即變得好說話多了，至少他們願意放下面對艾德時那渾身的尖刺。

艾德的存在在魔法大陸上已廣傳開去，同樣廣爲人知的，還有冒險小隊要把他押送到妖精原野接受審判一事。因此，聽到布倫特詢問那位居住在萊克斯城的妖精下落時，眾人對此毫不意外。

只是布倫特想要尋找妖精的請求，卻難倒他們了。

雖然妖精的實際年紀比很多在場的人還要大，然而他們的心智卻如同外觀那樣只是個小孩子。因此他們搬到城鎮後不用承擔任何工作，每天要做的就是到處亂跑，以及與城裡的孩子們一起玩耍而已。

城裡有專人照顧那位寄住在萊克斯城的妖精沒錯，但也只是按時為他收拾房屋，以及提供食物，平常不會管那孩子到底在做什麼。因此眾人一時間都說不出對方到底在哪，便轉而詢問孩子們：「你們知道他在哪裡嗎？」

畢竟相較於大人，孩子們會更了解那個妖精的動向吧？

照顧妖精的支出，都由接管他們的城鎮來承擔，因此每座城鎮接收妖精的數量都不多。

妖精雖然外表精緻可愛，然而他們都是遠近馳名的搗蛋鬼。妖精是一個很喜歡惡作劇與說謊的種族，以往他們隱居在妖精原野時，各族每次聽到有關於妖精的消息，大都是又有妖精跑出來玩耍啦、又有旅者被他們欺騙而迷路啦……之類的。

最讓人頭痛的是，這個種族不僅都是些淘氣的小屁孩，他們還有「感情共通」的特點。往往一個熊孩子哭鬧，其他妖精也會因爲共情而一起吵鬧。亦因爲他們心靈相通，聯手起來惡作劇時，破壞力特別巨大，絕不是一加一等於二這麼簡單！

母樹沉睡初始，其他種族商議接收妖精時，因爲妖精的數量不算很多，加上希望他們能夠與同伴一起成長，因此挑了幾座大城市盡量集中收容妖精。結果不出數天，那幾座收容妖精的城鎮便被他們鬧得雞飛狗跳。

城主們實在被妖精弄得一個頭有兩個大，各種投訴信件如雪花般寄到城主府，最後只得把他們分散，每座城鎮只收容少數妖精。

現在妖精被分散到各聚居地，雖然惡作劇有所收斂，但仍無法抑制他們那顆蠢蠢欲動、想要鬧事的心，時不時便會弄出一些亂子。

那些因妖精的鬧騰而早禿的城主們，每次遇上妖精鬧事時都不由得心想，當年母樹讓妖精們在原野中過著封閉的生活其實是用心良苦，以免這些小搗蛋鬼出來爲禍人間吧？

再想到當年母樹一人V.S.全部妖精……

果然是爲母則強，眞是太強大了！

總而言之，妖精雖然長得很可愛，可是性格實在算不上討喜。雖然大人願意因爲母樹的犧牲而善待他們，可小孩子卻不會因此容忍他們的惡作劇。

這便造成了大人對那妖精的行蹤一無所知的同時，平常沒有與他一起玩的孩子們也不清楚他到底在哪裡。

聽到大人們的詢問，孩子們面面相覷，其中一個小男孩回答道：「我們不知道啊！他今早用植物的汁液偷偷染綠了阿莉莎的頭髮，把她弄哭了就跑，我們便沒有再看見他。」

另一名與阿莉莎關係很好的小女孩，更補充：「他一定是怕被罵，所以不敢露面。」

見小女孩忿忿不平的模樣，顯然她便是想痛罵對方一頓的人之一。

孩子們口中的阿莉莎，就是剛剛被艾德治好腿傷的小女孩。艾德看了看她的頭髮，果見女孩金色的髮尖還帶著一些洗不掉的綠色，看起來就像到了染髮後期褪色的模樣。

什麼顏色不好……怎麼偏要選綠色呢……

艾德心想，要是自己頭上莫名其妙地被人染了一片綠，別管妖精的外貌有多可愛，他也一定要狠狠打他屁股！

而且女孩子總是特別寶貝自己的頭髮啊！看阿莉莎一頭長髮這麼漂亮，平常一定有用心在保養。那妖精對女生的頭髮惡作劇也太過分了，難怪那孩子的人緣這麼差，其他孩子都不願意與他一起玩。

艾德覺得妖精的惡作劇太沒分寸，心裡對這熊孩子有了些不好的印象。不過想想喜歡惡作劇是妖精的天性，就像貓咪看到小動物總會忍不住想要抓上一下吧？

誰也不知道那名妖精的行蹤，城鎮居民看到冒險者們苦惱的模樣，有人便建議道：「雖然不知道那個小傢伙跑到哪裡去，可他總要回家的。要不，你們直接到他家看看吧？」

那名居民為艾德等人指示了妖精家的方向，冒險小隊便跟隨著指示來到了妖精的住所。

妖精的家是一棟精緻的紅磚小屋，眾人敲了敲門卻沒有得到回應。於是便待在屋旁的大樹下，邊乘涼邊等待著妖精的出現。

居住在萊克斯城的妖精就只有一個而已。要是找不到人，對一行人來說實在是一件滿困擾的事情。

幸好眾人運氣不錯，沒有等太久，他們等待著的妖精便出現了。

因為喜歡惡作劇又愛騙人，妖精在萊克斯城並不算受歡迎，但仍可以看出這個妖精被居民們照顧得很好，身上還帶著不知世事的天真。

見有陌生人站在自家門前，這孩子第一個反應不是戒備，而是氣勢洶洶地上前質問：「你們是誰？在我家門前幹什麼!?」

艾德好奇地打量眼前的男孩。在艾德生活的年代，妖精還在妖精原野中過著封閉的生活，因此這還是艾德第一次接觸妖精這個種族。

眼前的妖精是個精緻漂亮的男孩。特別是那雙金綠色的貓兒眼，這麼艷麗的瞳色實在很稀有，讓人一見難忘。

隨即艾德便驚訝地發現，眼前的孩子與他所認知的妖精有著不同之處。其中最明顯的一點，便是對方的年紀。

艾德記得文獻中描述的妖精是不老的種族，他們從母樹而生，永遠保持著三歲幼童的外貌與心智。可是此刻站在艾德面前的妖精，卻顯然已經是個八歲左右的男孩了。

至於其他特點，比如那雙大大、顯得很機靈的貓兒眼，比如那略帶下垂的三角耳朵……倒是與艾德所知曉的妖精外貌相符。

這已經不是第一次，艾德發現魔法大陸上的種族特點與他認知的有所不同。

比如獸族，艾德曾接觸過前來人類帝國行商的獸族商人。平常獸族的外貌與人類沒有任何分別，只有在戰鬥時，才會幻化出獸爪等特徵。

然而在艾德甦醒過來後的現在，看到的獸族都顯現出獸耳與尾巴。龍族的人形也是一樣，以前是與人類無異，可現在卻長有一雙龍角。

倒是精靈族的外貌與艾德所了解的並沒有任何分別。丹尼爾的耳朵雖然較短，但也只是因爲他是個混血精靈。

也因爲這些轉變，讓其他種族與人類的外表有著清楚的劃分。要是艾德沒有做出遮掩或僞裝，別人一看便知道他是個人類了。

艾德也不是沒有對此感到疑惑，一開始還以爲是因爲時間過了太久，生物的自然進化導致了外貌的轉變。結果有次他與埃蒙閒聊時提及這個奇怪的現象，那孩子才支支吾吾地解釋是因爲大家都討厭人類，便故意顯露出各種族特徵，只是爲了不想與人類的外貌一樣而已。

一開始是故意而爲，久而久之大家都習慣了。往後有新生兒出生，這些孩子自覺地模仿父母與長輩，自然也顯露出獸耳與尾巴。

聽到埃蒙道出獸族外貌變化的原因，艾德的心情絕對稱不上美好。雖然早已知道人類不受歡迎，但每次重新認識到自己的族群到底有多被神憎鬼厭，艾德還是感到心情沮喪。

於是對於龍族為什麼會長角這個問題，艾德便沒有再多詢問了，總覺得原因會與獸族差不多……

同樣，這次看到妖精的年紀明顯比認知中的年長時，艾德心裡滿是疑惑，心想這總不會又是因為「厭惡人類」這種原因……吧？

02.

熊孩子

然而艾德沒有把心裡的疑問問出來，盯著妖精看的眼神還是顯露了他的疑惑，並且被眾人之中最細心的貝琳發現了。

也許因爲女性天生便比男性情感更加細膩，明明貝琳年紀比埃蒙大不了多少，卻顯得成熟得多、也細心得多。

相較於埃蒙大剌剌地直接向艾德說出獸族變化人形形態的原因，顧及對方心情的貝琳相對婉轉得多。

只聽貝琳解釋道：「自從母樹陷入沉睡以後，妖精便不再是永遠不會長大的小孩子了。雖然長生種族的成長速度較慢，可是他們的身體與心智已能夠緩慢地成長。只有長大才能夠更好地保護自己，這也許是母樹對妖精們的恩賜吧？」

雖然貝琳說得很婉轉，完全沒有提及「人類」二字，可艾德卻知道這果然又是人類惹下來的禍。

爲什麼孩子長大是一種恩賜？

長生不老難道不好嗎？

那是因爲對妖精來說，自從母樹沉睡以後，已經沒有了會無條件縱容他們、保護他們的人了。

沒有母樹的照顧與保護，不老不死對妖精來說再也不是祝福，而是詛咒。

因此在耗盡力量陷入沉睡以前，母樹用最後的力量爲妖精解除了「詛咒」。讓她的孩子們在失去了母親的庇護後，能夠成長爲可以保護自己的大人。

而在妖精們成長以前，那些因爲母樹的犧牲而感恩的善良種族，則會暫代保護者的位子。

所以歸根究柢，妖精之所以不再長生不老，也是因爲人類！

就在貝琳向艾德科普著妖精從孩童變成小少年的原因之際，布倫特也向妖精自我介紹。

妖精看著這些不請自來的客人們眨了眨眼睛，也自我介紹道：「我是戴利，你們找我有什麼事情嗎？」

艾德愣了愣：「妖精有名字？」

艾德之所以這麼驚訝，是因爲妖精這個種族擁有著一個其他種族都沒有的特殊性——共情。

所有妖精的情感都是互通的，比如其中一個妖精感到悲傷，其他妖精也會一起流淚；比如某個妖精聽了一個很好笑的笑話，其他妖精也會忍不住哈哈大笑。

因此對於妖精來說，他們算不上完全獨立的個體。再加上他們生活封閉，不太與其他種族來往，名字對他們來說完全沒有用處，因此妖精都是沒有名字的。

可現在眼前的小少年在自我介紹時，卻說自己名叫戴利？

聽到艾德的疑問，埃蒙便熱情地爲他解釋：「妖精現在與大家生活在一起，沒有名字的話不方便呼喚他們呀！」

艾德：「……」簡單來說，取名字是爲了能夠更好地生活下去，結果歸根究柢還是人類惹出來的禍。

聽到艾德他們的對話，戴利歪了歪頭，把視線投往一臉複雜的艾德身上：「你就是那些人都在談論的人類？」

見艾德點頭，戴利便向艾德露出一個燦爛的笑容。

戴利長得非常可愛，一雙金綠色的眸子又大又明亮，臉上還帶著嬰兒肥。現在戴利看起來大約八歲左右，還是個未踏入青春期的小男孩。這年紀的孩子聲音仍是雌雄莫辨的清脆，再加上稚嫩又可愛的外貌，讓人看著便被萌得心頭發軟。

艾德也不例外，看到戴利可愛的模樣，也下意識地回以一個笑容。

然而這溫暖的一刻並沒有持續多久，很快艾德的笑容便變得扭曲起來——痛得扭曲……因爲戴利趁著艾德不留神的時候，突然衝上前狠狠往他的小腿骨踢了一腳！

戴利這一腳用盡了全力，雖然因爲人小而沒有造成太大的傷害，但卻是實實在在的痛！

艾德連忙丟了一個治療術過去，這才舒緩了小腿的痛楚。

誰知道戴利看到治療術亮起的溫暖金光時雙眼一亮，立即伸出小短腿再度向艾德踢去。只是這次艾德有了防備，及時躲開了戴利的攻擊。

埃蒙連忙上前抓住還想踢艾德的戴利：「哎呀！你在幹什麼呀？」

戴利雙目發亮地盯著艾德，雀躍地說道：「這人類剛剛弄出來的金光很美，我還想再看看！」

艾德聞言一臉黑線。

一開始戴利踢他，應該是因爲得知他是人類的緣故。雖然艾德認爲自己身爲人類不是原罪，可戴利這個攻擊也算是師出有名。畢竟人家被害得母親都沉睡了，看到人類時忍不住出手攻擊，艾德可以理解。

然而這孩子繼續追擊卻不是出於對人類的厭惡，而是單純因爲覺得再踢過去，艾德爲了治療自己便能讓他再次看到治療術發出的聖光……對此艾德實在感到很無言。

這到底是有多熊的一個熊孩子啊？

熊孩子什麼的，最討厭了！

雖然早已知道妖精都是些搗蛋鬼，然而知道是一回事，實際面對他們的惡作劇又是另一回事。

特別是一見面便被戴利狠狠踢了一腳的艾德，想到接下來到妖精原野還需要這孩子帶路，心裡便感到特別不妙。

看著戴利那躍躍欲試、很想找機會再踢他一腳的神情，艾德除了滿心無奈以外，總覺得以戴利的性格，不會輕易答應。

果然，在戴利得知他們的目的後，他便瞪著艾德，很抗拒地說道：「我才不會帶人類進入原野！」

眾人要進入妖精原野，必須有妖精的帶領。雖然布倫特等人也對戴利滿身是刺的態度很頭痛，但仍是耐著性子來哄他。

戴利這孩子雖然態，但還是知道分寸的。最終戴利還是鬆了口，願意帶艾德這個討厭的人類進入妖精原野，不過卻表示這得要在他把手上的事情辦好以後。

在此以前，戴利有重要的事情要先完成。

雖然眾人並不急著進入妖精原野，然而丹尼爾本就不是個有耐性的人，聽到戴利還要拖拖拉拉便感到心裡不耐，於是語氣不好地質問：「我們進入妖精原野是辦正事，你一個小孩子有什麼要緊的事情要做？」

戴利也有些生氣了：「我也有重要的事情！很重要！」

聽見戴利只是不停強調他有重要的事情要辦，卻又不願意說出到底是什麼事，丹尼爾更加覺得對方在無理取鬧，於是獨斷獨行地決定：「既然你說不出是什麼重要的事情，那麼你先帶我們去妖精原野也是一樣……」

然而丹尼爾的話還未說完，驚人的事情便發生了！

戴利突然號哭著躺在地上打滾，就像一個會尖叫、會噴水的陀螺：「不！我就不先帶你們進去！我就是有事情要辦！我不去我不去！！」

艾德皺著眉頭摀住耳朵，戴利的哭聲很尖銳，他實在不明白這個小小的身體到底怎麼能夠發出這麼大的聲響。

其他種族的聽覺比人類更加敏銳，因此布倫特幾人更是不好受了。其中又以聽覺最靈敏的獸族姊弟受害最深，他們都痛苦得想拿東西去塞住戴利那張號哭的嘴了！

至於丹尼爾，身為把孩子弄哭的始作俑者，卻是冷著一張臉盯著對方，看起來一副冷酷無情的模樣，可其實心裡卻是不知道該怎麼辦。

丹尼爾不畏懼挑戰，無論面對再強大的敵人，這名精靈族的戰士也不會失去戰鬥心。然而此刻他面對著哭鬧的妖精卻是手足無措。

這麼情緒化、幼小的生物，打又打不得，罵起來對方絕對哭得比自己還要大聲，丹尼爾完全不知道該拿戴利怎麼辦。

熊孩子這種生物，簡直就是憑藉自己的弱小與蠻不講理而站立於不敗之處！

一開始丹尼爾還想嚇唬戴利讓他閉嘴，然而結果卻是讓對方的哭聲變得更大了，甚至吵鬧得連鄰居都走出來看熱鬧。

這些鄰居們顯然已經很習慣戴利稍不如意便會在地上打滾的模樣，對於他的哭鬧並未太在意，只是他們在旁指指點點的樣子，卻讓丹尼爾感到很困窘。

熊孩子不要臉，丹尼爾還是很珍惜自己的臉皮的！

於是丹尼爾不得不軟化態度，想要向戴利講道理，然而戴利卻是「我不聽我不聽」地摀住了耳朵繼續哭喊。

眾人：「……」

最後還是貝琳上前抓住戴利的衣領，用力把在地上打滾的孩子拉起來。結果妖精的體重比外表看上去輕得多，再加上貝琳力氣不小，這一拉便直接像抓小貓那樣把戴利整個人雙腿離地地提了起來。

貝琳外表纖弱，一個少女把男孩單手提起，視覺效果頗讓人震撼的。

丹尼爾他們不方便對戴利動手，可貝琳是個女生，年紀又輕，沒這麼多顧慮。戴利也被對方的氣勢嚇到了，停止了號哭，愣愣地看著抓住他衣領、把他提起來的貝琳。那雙金綠色眼眸被淚水洗刷過，看起來更加璀璨奪目。

即使剛剛被戴利鬧得一個頭有兩個大，可眾人不得不承認對方的外貌眞的很可愛，標準的哭鬧時像個惡魔，安靜下來時像個天使。

雖然被戴利無辜可愛的模樣萌到了，可貝琳卻沒有忘記這孩子的性格有多可惡。她毫不客氣地提著戴利晃了晃，微笑著說道：「我們也不是要阻止你，只是想要知道你口中的要事到底是什麼事情，好衡量須要花費的時間而已。」

戴利熊歸熊，卻很懂得趨吉避凶。

他察覺到貝琳不像丹尼爾那樣只是表面上凶悍，實際上不會動他一根頭髮。貝琳看起來笑咪咪的，可這笑容卻讓他感到一絲不祥。戴利相信要是自己繼續哭鬧下去，貝琳是不會對他客氣的！

於是在面對丹尼爾時有恃無恐的戴利，被貝琳抓住後變得特別乖巧。他死魚眼地被吊在半空，道：「我可以告訴你們，但我不想在大庭廣眾下說。」

四周看熱鬧的鄰居知道熱鬧看不下去了，不約而同地發出一陣可惜的嘆息。

這些居民惋惜不已的模樣，讓一旁的艾德不由得感慨，無論哪個種族，看熱鬧都是人民的天性呢！

貝琳怕自己一放手戴利便會偷溜，直接抓著他進入戴利的屋裡，這才將他放下，抱著雙臂說道：「好了，這裡沒有外人，你到底有什麼急事要立即處理？」

總算能夠腳踏實地了，戴利連忙退後幾步，遠離這個可怕的女人後，才回答：

「就是……就是之前與朋友玩的時候，開的玩笑有點過火，所以我想補救一下。」

聽見戴利的話，艾德立即想起他不久前治療過的小女孩，便問：「是那個被你把金髮染綠的小女孩？我記得她叫……阿莉莎對吧？」

戴利點了點頭，又強調道：「我才不是怕她啊！我只是看她哭得那麼傷心，這才想要補償一下她而已。」

「我沒有認為你這麼做是怕了她，你做了錯事以後能夠想到要補償對方，這很好。」艾德欣慰地說道。心想戴利雖然喜歡惡作劇，但還是能夠認清自己的錯誤。他得知小女孩傷心後會想著彌補自己的錯誤，終究是個心地善良的孩子。

布倫特等人的表情也和緩下來，如果是這種理由，他們不介意花點時間逗留一陣子。

埃蒙更是熱情地說道：「你要向那個小女孩道歉的話，我們也會幫忙的！」

戴利翻了個大大的白眼：「不是道歉，只是補償她而已。」

埃蒙並不在意戴利的惡劣態度，而是好脾氣地附和：「嗯嗯！是補償。那具體你打算怎麼做？已經有想法了嗎？」

戴利點了點頭，隨即從衣袋裡拿出一束金光閃閃的植物。

「這是什麼？」埃蒙好奇地猜測：「難道這植物的汁液，能夠把阿莉莎的頭髮染回金色？」

埃蒙的猜測還算滿靠譜的，畢竟之前戴利就是用植物的汁液把小女孩的頭髮染綠。這植物是奇特的金色，說不定汁液也是金色的。正好阿莉莎的頭髮也是金色，所以用來染頭髮不是剛剛好嗎？

然而戴利卻否定了埃蒙的猜測：「當然不是，即使染色後還是會掉色的。萬一到時候阿莉莎看到綠色又浮現出來，再哭哭啼啼的怎麼辦？」

說到阿莉莎哭哭啼啼時，戴利還露出了不屑的表情。

眾人：「……」

你這個不久前才躺在地上打滾哭鬧的屁孩，好意思嘲諷人家小女孩嗎!?

布倫特假咳了聲，詢問：「那你的計畫是？」

「你們不覺得這種植物的金色很美嗎？比阿莉莎那丫頭的金髮美多了！我打算用這些植物做一頂假髮，然後趁阿莉莎睡著時把她剃光頭，然後套假髮上去。她醒過來時一定會很驚喜，到時候自然就原諒我了啦！」戴利說罷還挺了挺胸，一副爲自己石破天驚的計畫感到自豪的模樣，顯然對這個想法充滿信心。

眾人聞言，都不知道該露出什麼樣的表情才好。

這絕對不是驚喜，說是驚嚇還差不多！

你與阿莉莎到底有什麼仇什麼怨？

先是把人家女孩子的頭髮染綠，然後還要把她剃光頭，這到底是什麼鬼畜操作！

你確定是眞心想要與人家和好，不是要絕交嗎？

眾人在心裡瘋狂吐槽的同時，也不由得慶幸他們來得及時，能夠阻止戴利這番騷操作，不然阿莉莎實在太可憐了！

布倫特嚴肅地說道：「放棄這個計畫吧！我可以肯定若你眞的這麼做，阿莉莎一定會一輩子不理你。」

丹尼爾嘲諷道：「與其去剃光人家小姑娘的頭，不如直接帶我們去妖精原野。說不定你離開一段時間回來，阿莉莎已經不再生氣了呢。至少阿莉莎不會因爲慘變光頭而與你絕交。」

戴利嘴一癟，正要哭鬧，便被貝琳先一步抓住衣領提了起來。

貝琳晃了晃手，道：「你再哭，我便揍你！」

從小與貝琳一起長大的埃蒙，對此很有體悟地向戴利說道：「你別以爲她只是說說而已，她揍小孩子絕不手軟的。」

戴利不敢大聲哭鬧，但還是忍不住小聲地嚶嚶嚶：「可是我想現在就與阿莉莎和好嘛！現在就要！」

雖然這次戴利沒有嚎啕大哭，然而看他的表情，卻是眞的傷心了。

眾人面面相覷，實在不明白小孩子的執著，以及他們反覆無常又大起大落的情緒。

明明只是與小伙伴吵架這種小事情，在孩子眼中卻是天塌下來般的大事。戴利

眼中的難過太深刻了，誰也說不出讓戴利別在意這種小事情的話。

誰也不知道該怎樣去哄一個看起來這麼傷心的小孩子，最後艾德在眾人敬畏的眼神下上前，摸了摸妖精一頭很柔軟的蜜色頭髮，道：「你還是別弄這麼多有的沒的，直接向人家道歉不就好了嗎？」

「可是沒有做出補償的話，也許阿莉莎就不會理我了啊！」戴利忐忑著說道。

艾德總算聽懂了戴利的想法，他並沒有壞心，也不知道小女生到底有多重視自己的長髮。一開始戴利惡作劇時沒有想太多，結果被阿莉莎崩潰的反應嚇到了，見對方悲傷的模樣，這才知曉了事情的嚴重性。

戴利很任性沒錯，可是他的本性並不壞。因爲心裡愧疚，同時又怕阿莉莎不接受自己的道歉，因此便鑽了牛角尖。覺得自己不做出補償的話，阿莉莎便不會原諒自己。

雖然戴利的補償……實在讓人一言難盡。

因此現在艾德要做的，便是阻止戴利做出任何奇怪的補償，並且給予他道歉的信心：「你爲什麼會這樣想呢？我曾經見過阿莉莎這孩子，是個乖巧又貼心的小女孩，只要你的道歉足夠誠懇，相信她會明白的。」

最後在艾德的勸說下，戴利終於放棄了把阿莉莎剃成光頭這個危險的想法。在眾人的鼓勵下，鼓起勇氣向阿莉莎道歉。

只是在決定道歉的同時，戴利也以惡狠狠的語氣威脅著眾人陪他一起去找阿莉莎道歉，不然就不帶他們進妖精原野！

艾德他們說不過這孩子，最後只得浩浩蕩蕩地陪同著他一起去。走在前面的戴利像個大少爺，尾隨著他的眾人就像保鑣一樣。

「我眞不覺得這是個好主意。」看著走在前頭、光看後腦勺已感到其不可一世氣勢的戴利，艾德苦笑道：「戴利這樣根本不像道歉，反倒像一群保鑣陪著惡少爺去對可憐的小女孩示威。」

艾德實在不明白，好好的一件事，落到戴利實際操作時怎會變得如此奇葩呢？

之前要不是艾德哄著戴利，說親自道歉比較有誠意，這麼一來阿莉莎才會原諒你。戴利差點兒連道歉也想讓他們代勞了！

丹尼爾聳了聳肩，語氣透露著一絲看好戲的成分：「你擔心也沒用，他不會聽你勸的。」

03.

妖精原野

戴利很快便來到了阿莉莎的家，他氣勢洶洶地敲響了阿莉莎的家門。開門的人是阿莉莎的母親，她疑惑地看了看戴利身後的幾名陌生人，隨即詢問戴利：「戴利，怎麼了嗎？」

戴利仰起頭，乖巧地向阿莉莎的母親打了聲招呼，道：「我來找阿莉莎的。」

阿莉莎的母親有些猶豫，雖然戴利現在一副乖巧的模樣，然而誰不知道這妖精是個外表可愛的小惡魔？

特別是自家女兒今天是哭著回家的，那頭被戴利惡作劇染綠了的頭髮還未完全掉色呢！

雖然城裡的大家都有意多照顧戴利，平常對他以忍讓居多，可她也心疼自己的女兒啊！現在戴利來找阿莉莎，也不知道是不是又要欺負她了，阿莉莎的母親實在不想讓戴利這個熊孩子接近自家女兒。

看出阿莉莎母親的猶豫，艾德解釋：「戴利是來向阿莉莎道歉的。」

艾德的話讓阿莉莎的母親有些意外，她顯然想不到戴利這個不可一世的小子會願意道歉。其實要說的話，相較於戴利前來道歉，阿莉莎的母親更加想讓這孩子離她的女兒遠遠的，別再欺負阿莉莎了。

只是戴利來都來了，她也不想與一個小孩子計較太多，便讓眾人都進門了。

向戴利指示了阿莉莎房間的位置後，她再看向艾德這些莫名跟著孩子來道歉的人，隨即注意到艾德的人類特徵時，露出訝異的神情：「你是……」

然而不待阿莉莎的母親把話說完，便聽到阿莉莎的尖叫聲傳來：「你這壞人怎麼來我家？我討厭你！你出去！」

隨即眾人便聽到大力關門的聲音，阿莉莎的母親立即想上前察看，卻被貝琳勸住了。獸族少女勾起安撫的笑容，道：「待孩子們自己把事情解決吧！」

在貝琳攔住阿莉莎母親的空檔，艾德快步來到了阿莉莎的房門前，果見戴利正一臉無措地站在女孩房門外徘徊。

看到艾德趕了過來，戴利頓時用看到救星般的表情迎上去。雖然戴利想向艾德求助，然而性格使然，說出口的話卻是帶有指責的抱怨：「你不是說阿莉莎會原諒我嗎？看！她把我趕到外面了，連房間也不肯讓我進入！」

聽著戴利不高興的抱怨，艾德卻沒有像之前那樣哄著戴利，也沒有多勸他什麼，只是盯著他的雙目淡然地反問：「所以呢？因爲阿莉莎不接受你的道歉，你便要退縮了嗎？如果這樣的話，那我們現在便離開吧？」

人的心理有時候很奇妙，如果艾德哄著戴利繼續向阿莉莎道歉，覺得被對方趕出房間很丟臉的戴利，對於道歉一事說不定會更加抗拒。可現在艾德直接說不想道歉的話可以離開，戴利卻反倒猶豫了。

要就這樣子離開嗎？

戴利心想，當然要離開呀！反正看阿莉莎的模樣已經恨死自己了，即使再向她道歉，也一定不會原諒自己。現在堅持留下來，不就只是自取其辱嗎？

戴利從出生起便被母樹寵著，失去母樹後其他種族也對他多加遷就，已經養成受不了絲毫委屈的壞脾氣。他完全不想體驗留下來繼續低聲下氣地道歉後，最後還要被阿莉莎拒絕這麼丟臉的事情！

起。

然而當戴利吵鬧著想要離開之際，剛剛艾德的詢問卻又不知怎地突然在心裡響

所以呢？因爲阿莉莎不接受你的道歉，你便要退縮了嗎？

戴利突然想起自己前來這裡的初衷。

他之所以要向阿莉莎道歉，是因爲他的惡作劇太過火，讓這女孩子傷心了。

戴利並不是第一次惡作劇，只是被他惡作劇的人要不是很生氣，要不便是無奈地一笑置之。可是阿莉莎當時哭得很難過，這讓戴利心裡很不安，還生起些許後悔。

其實戴利原本只是打算小小地惡作劇而已，不知道對方會這麼介意。在其他孩子的責罵聲中，戴利這才認知到阿莉莎很寶貝自己的長髮，他的行爲對對方來說非常惡劣。這讓戴利難得因爲惡作劇而感到歉疚，想要獲得阿莉莎的原諒。

那麼問題來了，因爲覺得阿莉莎不願意原諒自己，所以自己就不道歉了嗎？

可是自己道不道歉，與對方是否原諒根本無關啊！

即使會丟臉、即使阿莉莎不接受，可戴利還是想要向對方表達出歉意。無關其

他，只因爲當時他讓阿莉莎如此傷心難過，不是嗎？

戴利在阿莉莎門外經歷了一番內心掙扎後，再次敲了敲對方的房門，道：「阿莉莎，妳開門吧！我是來向妳道歉的。」

然而阿莉莎的房門依舊關得緊緊的，小女孩似乎已經被嚇怕，覺得戴利的道歉是另一個惡作劇。

原本誠心誠意地前來道歉，可對方卻如此抗拒，戴利也感到有些受傷。然而這次他壓抑著脾氣，沒有像以往般稍不如意便大吵大鬧，也沒有再說要離開。

戴利站在房門前猶豫了好一會，他深吸了口氣，大聲呼喊：「阿莉莎，對不起！我不應該覺得好玩而把妳的頭髮染色！我不會再欺負妳了，希望妳能夠原諒我！」

戴利鼓起勇氣把心裡的話大聲說出後，便期待地看著阿莉莎緊閉的房門。

然而阿莉莎卻未如他的期待般地打開房門，戴利失望地抿起了嘴，垂頭喪氣地縮了起來，看起來小小的，就像隻沮喪的小動物一般。

就在戴利心灰意冷之際，一隻溫暖的手揉了揉他的頭，戴利抬起臉，便見艾德溫柔地讚賞道：「你做得很好！這不是做到了嗎？」

戴利想把艾德的手拍開、惡狠狠地像往常那般說「討厭的人類，別碰我的頭」，然而到最後還是什麼也沒有說，難得乖巧地任由艾德繼續揉自己的頭，並且乖順地被對方牽著離開。

雖然阿莉莎最終不願意接受自己的道歉，但戴利不知道為什麼，已經不那麼難過了。

也許因為，即使最後阿莉莎還是不原諒他，可他還是鼓起勇氣地道歉了吧？

想到剛剛艾德的讚揚，戴利帶著嬰兒肥的臉頰頓時浮現起紅暈，覺得有些害羞了呢！

離開阿莉莎家時，艾德察覺到阿莉莎母親一直盯著他的視線感，便向對方禮貌地點了點頭：「打擾了。」

「你、你是不是……」阿莉莎的母親確認什麼似地盯著艾德看了一會，隨即不待艾德回答，這位明顯已確認了對方人類身分的女子搖了搖頭：「不……沒什麼……謝謝你們陪戴利跑這一趟。我會與阿莉莎好好談談的，相信她也不會生氣太久……」

艾德本還以爲阿莉莎的母親會直接指出他人類的身分，然後便像許多得知他身分的人般惡言相向，想不到對方不僅沒有這樣做，還對他道出感謝，這讓甦醒後總是面對著眾多惡意的艾德訝異又感動。

眾人正要告辭離開，阿莉莎卻突然從房間跑出來。小女孩的臉上仍帶著淚痕，卻叭噠叭噠地跑到了戴利面前，大聲說道：「戴利，我原諒你了！可是你以後不要再欺負我啦！」

聽到阿莉莎的話，眾人都不約而同地露出了微笑。

艾德覺得，言語有時候眞是不可思議。

「對不起」與「謝謝」明明是意思不同的話語，可有時候，卻同樣能夠讓人感到心頭溫暖。

眾人從阿莉莎家裡離開時，太陽已經開始西下。

所幸萊克斯城鄰近妖精原野，足以讓眾人在日落以前到達目的地。

進入妖精領地後，觸目所及是一片翠綠的青草，那是一片非常壯觀、一望無際的草原。

艾德還是第一次看到佔地如此廣闊的原野，心裡震撼之餘卻又覺得有些奇怪。雖然眼前這看不到盡頭的景色遼闊壯觀，可是艾德卻總覺得不只如此。何況他們很輕易便進來了，雖說有戴利同行，可整個過程艾德都沒有察覺到絲毫阻礙或魔法波動。再加上觸目所見全是青草，卻看不到正沉睡的母樹……

母樹該不會是在他們視線以外的地方？

那他們……到底要走多遠才會到啊？

就在艾德苦惱著到底要走多久才能到達母樹所在之處時，眼前景色突然變了一副模樣，青綠色的草原就像被上帝滴上金色的墨水一般，迅速變成了一片金光燦爛。

原本平平無奇的野草也隨之變成外貌像小麥又像狗尾草似的植物。它們隨著微風左右搖曳，形成一片又一片的金色波浪。在微風吹拂中，一些閃著金光、像蒲公英般的種子隨風飛揚，形成一片壯麗美景。

雖然妖精們已經離家生活，可是他們對於自身的種族還是有著深深的認同感，爲著家鄉的一切而驕傲。被艾德幾人驚歎的目光取悅到的戴利，向眾人招了招手：

「走吧！我帶你們去見母親。」

艾德這才想起雖然妖精原野換了一副模樣，但仍是看不見傳說中的母樹。

飄散在空中的金色光點在戴利的召喚下開始聚集，並形成一道金色漩渦。最神奇的是，整個過程艾德都沒有感受到強風所產生的空氣流動，眼前的狀況顯然是由一股不可思議的力量所造成的。

「門開了，我們進去吧！」說罷，戴利便蹦蹦跳跳地走進金色漩渦中。

艾德等人見狀，也尾隨著他一起走進去。

踏入金色漩渦後，艾德便覺得整個人像浸泡在溫水裡似地，暖洋洋的非常舒服，情不自禁便閉上了雙目。

當他再次睜開雙眼，世界已換了一副模樣。

原本一望無際的草原，不知何時聳立著一棵巨型、夢幻又美麗的大樹！

大樹的樹幹就像上好的琥珀，看起來溫溫潤潤的，光彩流轉。面向大樹時，眾人的視線完全被龐大的樹幹遮掩，也許出動萊克斯城的全部居民，也無法環抱這棵大樹的樹幹。

至於大樹的枝葉更是完全遮蓋了整片天空，只要一抬頭，便能夠看到在陽光下閃閃發亮的水晶葉子，整棵大樹簡直就像令人驚歎的藝術品般美麗。

雖然戴利沒有爲大家介紹這棵突然出現的大樹，然而艾德已經猜出了對方的身分：「這就是……母樹嗎？」

如此美麗，又如此璀璨奪目的存在，在妖精原野中也就只有母樹的身分能夠相符合吧？

聽說在耗盡力量沉睡以前，母樹的樹靈經常幻化成人形到處跑。艾德不由得心想，她的人形模樣一定也是非常美麗的吧？可惜現在已經看不到了……

就在艾德爲母樹的美麗而驚歎時，戴利已經興奮地跑到母樹前，伸手抱住了母樹的樹幹：「母親，我回來了！」

母樹的樹幹巨大得看不到邊界，妖精卻是小小的一隻。戴利此刻的動作與其說是擁抱著樹幹，倒不如說是整個人趴在樹幹上。

艾德看著眼前的景象，再次想著，如果母樹仍未沉睡，那現在是不是已經幻化成人形，把孩子抱在懷裡了，而不是像現在這樣，任由戴利默默伏在冷冰冰的樹幹上，得不到絲毫回應？

在妖精們未被分散送往各族的聚居地以前，妖精原野是不是到處都能看到可愛的妖精？他們不用爲了自保而放棄長生，能夠永遠保持小巧可愛的外表與孩童的天眞懵懂，不須去想太深奧的問題，只要無憂無慮地盡情與同伴們在金色的原野間撒歡。而不是像現在這樣，整片草原都帶著一種孤寂的冷清？

再一次，艾德深刻地感受到魔族的入侵，對魔法大陸各種族到底造成了多大的傷痛。

艾德對妖精的遭遇感到痛心與遺憾的同時，也堅定了要找到對抗魔族的方法，將它們驅逐出魔法大陸的決心。

艾德依然堅持認為這並不是人類的錯，即使魔族真的因為人類的召喚而來到魔法大陸，可小部分的人做錯了事情，不應該牽扯到所有人類身上。

何況到底是不是真的是人類召喚了魔族，現在還只是個猜測而已，從未有確實的證據可以證明呢！

艾德在心裡下了決心，無論接下來的審判有多嚴苛、各族首領的要求有多苛刻，他也一定要保住性命，才能夠尋找到人類滅亡的眞相。

進入妖精原野後，布倫特等人聯繫了各族首領，並敲定了明天審訊的時間。

到時候，獸王、精靈王與龍王，將會以魔法參與審訊，妖精母樹則為最終的裁決者。

等待的時間特別漫長，一個晚上的時間，對於將要接受審訊的艾德來說實在有

些煎熬。然而各族首領都是日理萬機的大忙人，能夠在明天撥出時間處理艾德的事，已經是對他非常重視的表現了。

因爲要在妖精原野度過一晚，那麼解決這一晚的住宿便是首要問題。

以往妖精鮮少出現在人前，妖精原野作爲他們的聚居地也一直是封閉著的。就連冒險者之中最爲年長、經常周遊列國旅行的布倫特，也是初次踏足這個地方，因此眾人對妖精原野內的環境並不清楚。

一開始，他們還打算借住在妖精家裡，然而進入原野後才發現，這裡的景物一目了然，除了母樹以外，飄散著光點的金色草原上空無一物，根本不見任何預想中的房屋。

「戴利，妖精原野裡怎麼沒有房間？你們住在哪裡？」埃蒙好奇地詢問。

正趴在樹幹上與母樹黏黏糊糊地說著話的戴利，聞言一副不滿被打擾的表情，抿起了嘴，理所當然地說道：「當然是住在母親那裡啊！」

說罷，戴利向眾人揮了揮手：「我先『回家』啦！」

埃蒙還沒反應過來戴利話裡的意思，便見妖精往前一撲，直直撞向身前的母樹樹幹！

然而在眾人的想像中，戴利狠狠撞到樹幹的情況並沒有出現。在艾德等人震驚的注視中，戴利整個人融入了母樹的樹幹裡，隨即消失蹤影。

埃蒙頓時傻眼：「所以……妖精平常是住在母樹的樹幹裡？」

雖然覺得很不可思議，可是這麼一來便說得通了——為什麼妖精原野裡連一間房屋也沒有？因為妖精們根本就不需要啊！

原本他們打算借住妖精的房屋，可這條路現在顯然已行不通了。眾人商議了一下，也覺得母樹貴為一族之首，而且人形時還是名女性，人家照顧自家孩子是一回事，可要是他們要求也住進母樹體內就有些不適合了。

幸好身為冒險者，眾人的空間戒指裡一直存放著帳篷等野外露宿所需的用品，最終他們決定露營過夜。

至於食物方面，這裡也不像有獵物、野果的樣子，雖然妖精一定有他們的食物來

源，可反正只是在這裡待一晚，他們直接從空間戒指中取出乾糧將就一下就好。

吃完晚飯後，艾德表示要欣賞一下妖精原野的夜景，便遠離了眾人，四處閒逛起來。

其實冒險者們理應貼身監視艾德，只是妖精原野無法自由進出，因此他們不怕艾德偷偷溜走。明白到艾德明天便要面臨審判了，心情一定很沉重，於是他們體貼地任由艾德散心。

看著艾德走遠的背影，埃蒙一臉擔憂：「艾德的臉色很蒼白，要不我跟上去看看？」

貝琳及時阻止了弟弟想要跟上去的想法，道：「讓他獨處吧。他現在應該不太想看到我們，畢竟是我們把他押送到這裡接受審判的。」

埃蒙悶悶不樂地說道：「其實仔細想想，把人類的錯誤怪罪在艾德身上真的很不公平。艾德是個很好的人，我們不應該把他當作罪犯般審判。」

丹尼爾冷笑著嘲諷：「你太天真了，人類本就是反覆無常的生物。現在看著覺得不錯的人，說不定過幾天便在背後捅你一刀。」

埃蒙不服氣地想要反駁，他覺得艾德根本就不是這樣的人。然而想到丹尼爾的混血背景，還是忍下這口氣，沒有與對方爭論。

見埃蒙氣鼓鼓的模樣，丹尼爾知道對方心裡並不認同他的想法。可是小時候的經歷，卻讓丹尼爾充分了解到人類到底是一個多善變的種族，這讓他總是無法打從心底去相信艾德這個人類。

丹尼爾的母親是現任精靈女王的妹妹，原本也是王位的繼承人之一。然而年輕時的她卻愛上了一個人類，爲了愛情，她不僅放棄王位的繼承權，還離開森林到人類的城鎮生活。

在丹尼爾記憶中，小時候他的父親對他們很好。那是一個高大英俊、寬厚又溫柔的男人，然而某次他的父親從獸族商人手中買下一些草藥後，丹尼爾的生活便產生了翻天覆地的變化。

那種草藥是獸族的薩滿爲族人治療外傷時，用來減輕傷者痛楚的藥物。這種草藥會讓服食者產生幻覺，長期服用更會令人上癮。那時候雖然人類的國家明文限制人民服用，卻還是有不少人禁不住引誘，最後導致家破人亡。

丹尼爾實在想不明白，爲什麼明知道是有害無益的事情，他的父親還在好奇心與朋友慫恿下嘗試？

很快地，他的父親便離不開那種草藥。那個會爲丹尼爾說故事、會擁抱他的父親性情大變，變得狂暴易怒，還經常毆打丹尼爾與他的母親。只有沉醉在草藥產生的幻覺與快感的時候，這個男人才會有片刻的安靜。

這種草藥在人類國家的禁止下變得愈發稀少，價格也愈來愈高。丹尼爾的父親爲了獲得金錢購買草藥，竟把主意打到妻子與兒子身上。

精靈族優雅而貌美，不少人類權貴一直以擁有精靈奴隸爲榮。即使人類帝國早已禁止販賣精靈奴隸多年，然而在黑市中，精靈族一直是有價無市的存在。

於是在某天，丹尼爾的父親用藥迷倒他們母子，然後將他們賣了。

丹尼爾仍記得，那個男人曾經也是一個愛護妻兒的好丈夫、好父親。然而當他無情起來的時候，卻能夠輕易把心愛過的枕邊人，以及血脈相連的兒子親手推入地獄。

人類啊，是多麼殘忍又善變的種族。

因此無論艾德表現得有多無害、多友善，丹尼爾也不會全心信任他。因爲他太清楚，人類這個種族到底有多反覆無常。

一旁的布倫特看到丹尼爾的神情，猜到他又想起了那些黑暗的過往。布倫特不希望丹尼爾沉淪在仇恨的情緒中，便發言把話題引回艾德身上：「如果這次艾德能夠通過審判，龍王陛下他們很有可能會讓他加入我們的團隊。」

對於布倫特的猜測，丹尼爾其實也有所預感。雖然他不希望冒險小隊有人類加入，然而不爽歸不爽，丹尼爾卻沒有拒絕。

雖然他們這些人都因爲各種理由而離開了族群，可仍心繫家園。即使是眾人之中最爲叛逆的丹尼爾，也從不會拒絕來自族中的請求。

04.
靈魂誓約

在妖精原野，母樹的枝葉掩蓋了天地，只要抬頭便能夠看到晶瑩剔透的水晶枝葉。這些水晶葉子在陽光下固然閃閃生輝，非常美麗，然而到了晚上，卻又有著另一種美感。

不同於在陽光下的燦爛奪目，水晶枝葉在月色下彩光流轉。這些泛著彩光、晶瑩剔透的葉子，比最高級的月亮石還更漂亮。

從水晶葉子間的空隙，還看得見星光閃爍的美麗夜空。

艾德找了一處景色不錯的位置坐下，抬頭仰望天空呆呆地發怔。雖然他意志很堅定，然而面對茫然的未來，心頭就像壓著一塊大石般沉重。

不知過了多久，身後傳來了戴利的嗓音：「你怎麼獨自在這裡，不與他們待在一起？」

艾德回頭，便迎上了妖精懵懂天眞的金綠眼眸。沒有把自己離群獨處的原因告訴戴利，艾德只是微笑著拍了拍身邊的草地，邀請道：「妖精原野的夜景實在太美了，不知不覺便看得入迷，你要一起坐一會兒嗎？」

戴利嘀咕：「我與你這個人類根本沒有這麼熟，而且這夜景我已經看了很多年，早就看膩了。」

雖然嘴巴說著不屑的話，然而戴利還是坐在艾德身旁。這副口不對心的模樣，讓艾德不由得勾起嘴角，原本將要面臨審判而產生的沉重心情因而緩和了不少。

戴利坐在艾德身旁，可他卻沒有如艾德那樣對妖精原野的夜景有多驚歎。的確如戴利所說，這裡的景色他已經看了多年，根本無法吸引他了。

即使因爲這些年來戴利離開妖精原野在外生活，回來後對這裡的景色感到很懷念，可對一個小孩子來說，相較於花時間呆坐著觀賞星空，身旁的「珍稀生物」反而更能引起他的注意與好奇。

這可是人類呀！多少年沒有出現過、有著各種奇奇怪怪傳說的神祕生物！

妖精雖然是長生種族，然而由於生活環境封閉，他們就像獸族的新生代一樣，對人類的了解很多都來自於道聽塗說。

特別是近年了解人類這個種族的人愈來愈少了，談到人類時，大家提及的都是把人類妖魔化的那一套。

戴利曾在很久以前因爲貪玩而離開妖精原野，並且與人類有過接觸，是妖精之中少有對人類有著基本認知的人。

但他經過了漫長的歲月後，漸漸被那些奇怪的言論影響。人類在戴利心中的印象，不知不覺幾乎變成了傳言般的模樣。

可又因爲與人類曾經的短暫接觸，戴利對於人類這個種族的觀感其實很不錯，因此他雖然快被那些將人類妖魔化的江湖傳聞洗腦，可心裡卻總是隱隱有個聲音告訴他，人類與他所聽到的謠言並不一樣。

認識了艾德之後，那沉睡在深處有關人類的記憶漸漸甦醒，讓戴利不得不愈發在意「人類」這種生物，更對艾德展現出強烈的好奇。

身旁孩子投射的專注視線實在強烈得讓艾德無法忽視，他收回了觀賞夜空的目光，轉而看向戴利：「怎麼了？想與我聊聊天嗎？」

戴利歪了歪頭，問：「你在害怕嗎？」

艾德聞言愣住了。

即使他已經做好面對孩子十萬個爲什麼的心理準備，可卻完全想不到會迎來戴利突如其來這麼直白的疑問，這完全讓他無法招架呀！

孩子啊……還眞是敏銳又直接的生物……

戴利的詢問其實有些失禮，可艾德並不介意，輕笑道：「也許吧。」

戴利像是聽到什麼不可思議的話般，瞪大了一雙金綠的眼眸：「你就這樣子承認了？」

艾德被對方的反應弄懵了：「怎麼？我應該否認嗎？」

「因爲一般都會否認的啊！」戴利理所當然地說：「雖然我不知道爲什麼要這樣啦！但這些年搬到城鎮與其他種族一起居住，發現大家都是有什麼不開心的事情也不會說。要是我詢問，他們都會謊稱自己沒事……」

說到這裡，戴利一臉疑惑地詢問：「他們爲什麼要騙人呢？」

看著孩子不解的神情，艾德笑道：「該怎麼說呢……這有很多原因。也許是不想讓別人擔心，又或者認爲事情即使說出來也無法獲得幫助。也有可能對方有著一些難以啓齒的煩惱，或是那人單純因爲自尊心的問題，不想把自己的失意坦露人前？」

戴利聽得眼冒金星：「好複雜喔！」

艾德認同地點了點頭：「人心本就是複雜的。」

「可是你還是沒有回答我一開始的問題呀！」戴利回到自己一開始的疑問，其實他也不是那麼重視答案，然而小孩本性中的固執讓他就是想要獲得艾德的回答。

艾德有些意外自己都忘記一開始的話題了，想不到戴利竟然還記得。不過他對此也沒有什麼不能說的，便回答：「你應該看得出來，我的身體並不好對吧？」

戴利聞言點了點頭。

雖然與艾德相處的時間不長，可是艾德身體孱弱這點實在太明顯了。那蒼白得沒有血色的嘴唇，以及走快一些便會喘氣的模樣。還有到了晚上，明明天氣只是稍微清涼，可艾德觀賞夜景時卻已經要披著毛毯……這些都說明了他的身體不如常人般健康。

不過戴利卻不明白，這與艾德爲什麼能夠輕易把脆弱的想法坦然說出口有關係嗎？

見戴利不理解他的意思，艾德便笑著解釋：「我小時候的身體可比現在弱多了，是離了人便活不下去的程度。因此這樣的我，從小已經很習慣向別人求助，把自己的脆弱坦露在別人面前。不然爲了所謂的自尊而把什麼事情都藏在心裡，對別人來說也許只會因此受些委屈，但對我來說卻是能要命的。」

艾德也曾因爲老是須要向別人求助而感到不自在。後來到了中二期，身體狀況也好了些，更有過一段作天作地的叛逆時候。

只是爲了所謂的自尊心，最後吃苦的往往都是自己，還連累關心自己的人擔驚受怕。艾德作過幾次死以後，也就對此坦然了。

誰也不想把脆弱暴露在人前，這其實是人之常情。可是身體的孱弱，卻讓艾德連隱瞞他人的資格也沒有。

戴利並不明白艾德剛剛那段話之中，到底包含著怎樣沉重的無奈。這孩子單純因爲獲得答案而感到滿意了，隨即又有了其他疑問：「所以你到底爲什麼害怕啊？」

艾德苦笑道：「你忘了我爲什麼要來妖精原野嗎？」

其實這鬱悶的心情不只因爲將要來臨的審判，還有獨自一人來到陌生時代的孤寂，以及四周人展露的敵意……這些也讓艾德感到難過與無所適從。不過後面的那些原因，艾德便不打算告訴戴利了。

戴利想了想，然後恍然大悟：「所以你擔心明天審判時會被重罰？你果然是做了壞事對吧？」

艾德嘴角一抽：「不……我才沒有幹壞事。」

戴利又不懂了：「既然你沒有做壞事，那爲什麼要害怕？」

艾德聞言愣了愣，他想告訴戴利很多事情並不是這麼簡單的，世界也沒有他所以爲的公平公正。

即使他沒有做過任何壞事，然而只要審判他的人帶有偏見與仇恨，那麼隨時可以利用這場審判置他於死地。

只是看到戴利那雙澄澈的眸子時，艾德卻又把想要說的話吞回肚子裡，只笑著頷首：「你說的有理呢！是我想多了。」

罷了，小孩子就不用知道這麼多成年人世界的陰暗與複雜，還是讓他無憂無慮地生活就好。

這麼想著的艾德，伸手揉了揉戴利的頭，觸感一如他想像般柔軟。

在妖精原野露宿一宵後，艾德便迎來了一場對他的審訊。

冒險者們陪同他這個當事人來到了母樹前，至於對此完全不感興趣的戴利，則一清早已不知跑到哪裡去玩了。

雖說這次的審訊將由母樹做出裁決，可就艾德昨晚的觀察所得，母樹仍然陷入沉睡中，就連離家多年的兒子回歸，也沒有讓她恢復意識。

不……這麼說似乎有些不對，畢竟在戴利衝向母樹樹幹時，母樹把他容納進去了。要是母樹真的對外界完全沒有絲毫感應，戴利那一下應該會狠狠撞到樹幹上吧？

就在艾德略帶緊張地猜測著審訊到底會怎樣進行時，便見母樹兩旁出現了三顆由光芒凝聚而成的光球。

三顆光球分別有著不同的顏色，分別是金、綠與紅。

明明只是光球，卻有著讓人無法忽視的氣勢。要是艾德現在閉上雙目，差點便以爲眼前多出了三個人！

艾德驚疑不定之際，布倫特等人已向這些光球恭敬行禮。

看到他們的動作，艾德這才恍然大悟，立即猜出了這些光球的身分。

別看布倫特他們是四處漂泊的冒險者，其實個個都是各族中的權二代。布倫特是火龍長老之子，丹尼爾是精靈女王的外甥，貝琳與埃蒙則是獸王的兒女。

能夠讓他們低下頭行禮的人，這個世上可沒有多少。再結合今天這場審判的特殊性，這幾顆光球所代表的身分已經呼之欲出了。

雖然誰也沒有對艾德介紹光球的身分，可如果艾德沒有猜錯的話，這三顆光球分別是龍王、精靈女王與獸王！

三顆光球之中，金色的光球率先發話。

即使現在這位不知名人士只以光球形象出現，可作爲他的化身的金色光球卻依然帶著凜然的王者氣勢：「艾德，人類之國的二皇子，你何故出現在這個時代？」

艾德是那種愈是身處逆境，便愈是能夠冷靜下來的性格。在接受審判以前，艾德的心情一直忐忑不安，可現在正式面對各族大佬，他的心情卻反倒變得淡定了。

艾德在心裡爲自己打氣，反正他沒有做過壞事，也沒有任何壞心思，大可以坦蕩地面對審訊。

結果眾人便發現艾德這個看起來心緒不寧的病弱青年，面對金色光球故意放出的威壓時，反倒迅速冷靜了，恭敬地回答：「我失去了很多記憶，已經記不清楚了，這也是我想要追尋的答案。」

「那麼你知道人類犯下的罪孽嗎？」隨即紅色光球質問，他的嗓音霸氣而粗獷，一開口便讓艾德感受到他對人類的敵意。

「略有聽聞。」艾德不亢不卑地道：「然而魔族的出現是否因爲人類的召喚，這點至今也只是大家的猜測而已。」

紅色光球質問：「你竟然完全不歉疚？」

艾德道：「我沒有做錯過任何事，爲什麼須要歉疚？」

紅色光球固執地說道：「在魔族攻佔人類帝國以前，人類早就已有過召喚魔族的先例。除了人類，還會有誰這麼做？」

艾德申辯：「但這也不能證明魔族大舉入侵魔法大陸是人類所爲，何況即使眞的有人類這麼做，也不應禍及其他無辜的人。有錯的是召喚魔族的人，而不是所有人類！」

紅色光球冷哼了聲，似乎還想說什麼，可此時綠色光球卻說話了。

與之前光球男性的聲音不同，綠色光球發出的是優雅動聽的女性嗓音。在她的聲音響起時，一陣讓人身心舒暢的大自然氣息撲面而來，就像光球的翠綠色光芒般，讓人想起生機勃勃的森林：「那你能夠確定作爲人類，你對這個世界而言是無害的嗎？」

艾德假咳了聲，開始推銷自己：「我當然對這個世界是無害的，甚至作爲祭司的我身懷光明之力。這是從信仰光明神所得來的、能夠剋制魔族的珍貴力量。」

紅色光球冷笑道：「所以你是想用這力量來贖罪？」

艾德淡然回答：「贖罪稱不上，只是想爲擊退魔族而出一份力而已。另外我會查明到底魔族是怎樣入侵魔法大陸，以及人類爲什麼會滅亡。」

綠色光球詢問：「你對魔族怎樣看？」

相較於回應針對他的紅色光球時強硬的語氣，回答綠色光球時，艾德的語氣緩和多了：「魔族是邪惡而扭曲的存在，它們不應該停留在魔法大陸。」

綠色光球又問：「你願意爲驅逐魔族付出多大的代價？」

艾德毫不猶豫地說道：「傾盡我的所有。」

沉默半晌，綠色光球率先表態：「如果是這樣，我覺得可以給他一個機會。」

紅色光球卻不贊同：「嘿！別忘記人類有多狡猾，他說不定在欺騙我們呢！」

一紅一綠的光球持相反意見，開始爭論了起來。

艾德這個當事人反倒成爲了旁觀者般，甚至有空閒想些有的沒的。

現在他已經幾乎能確定這些不同顏色的光球，實際背後是哪個大人物了。

只是他有些奇怪，不是說這場審判由母樹來裁決嗎？怎麼到現在母樹還未清醒，反而是獸族、龍族與精靈族一直在審訊他？

難道他們之前都是說好聽的，只是想讓人覺得妖精族也有參與，說讓母樹裁決只是裝裝樣子而已嗎？

就在綠色光球與紅色光球爭論不休之際，一直默不作聲、卻因爲有很強的存在感而總是讓人無法忽略的金色光球淡然說道：「進行靈魂誓約吧！」

紅綠光球的爭論聲頓時靜止下來。

金色光球話一出，就連一直旁聽、在這次審判中未有發言權的布倫特等人也露出震驚的神情，並且向艾德投以擔憂的注目。

靜默良久，之前一直爲艾德說話的綠色光球嘆了口氣，道：「這太嚴苛了。」

紅色光球也猶豫著表達反對的意思：「會不會太狠了？」

其實紅色光球雖然的確不喜歡人類，也一直顯示不信任艾德的態度，可他並不打算把這個難得出現的、擁有珍貴光明之力的人弄死。之所以表現得這麼強硬，只是因爲他素來霸道慣了，習慣藉打壓別人來建立自身的權威。

原本紅色光球打算狠狠打壓艾德一番後，便大發慈悲地讓艾德爲人類的罪孽將功贖罪，到時候他們便可以站在道德高點盡情壓榨對方。

然而金色光球的這個建議，卻完全是要把艾德往死裡整啊！

這麼好的免費勞動力……咳！這麼難得的神職人員，可不能就這樣子沒了呀！

所有人聽到靈魂誓約時都臉色大變，而認爲艾德無法順利通過是有理由的。

所謂靈魂誓約，是一種以靈魂起誓的儀式。發動這個儀式有很高的要求，主要是整個過程中會抽取發動儀式者的精神能力。這是一個只有集合數名頂尖強者才能夠啓動的儀式，正因爲它發動的條件困難，在歷史中進行靈魂誓約儀式的次數並不多。

靈魂誓約是一場直接對起誓者的靈魂進行質詢的儀式，只要起誓者的意志稍不

堅定，那麼誓言便會被判斷爲失效，當下起誓者的靈魂也會隨之崩潰。

因此也不怪大家都覺得若艾德進行靈魂誓約會凶多吉少，畢竟從靈魂誓約的儀式活下來的人實在是鳳毛麟角。

靈魂誓約開始後，會由發起者提出起誓內容，誓約者以靈魂進行起誓。

雖然起誓的內容是由發起者提出，然而衡量誓約能否達成的卻不是他們，而是各族的英靈。那些偉大的靈魂會在沉睡中被喚醒，沒有任何人能夠瞞騙英靈的感知。

可即使誓約被英靈承認，往後只要誓約者心裡想法改變了、放棄完成誓約內容，靈魂也會立即受到反噬。

簡單來說，這儀式之所以難以完成，並不是因爲整個過程有多複雜，跟誓約者的實力高低也沒有絲毫關係。

完成誓約儀式的唯一條件，只是需要一個眞誠而堅定的靈魂。

但偏偏，這對很多人來說是難以達成的苛刻條件。

面對同伴的不贊同，金色光球卻堅持：「他不是說爲了消滅魔族願意傾盡所有嗎？要是他這番話並不是謊言，那必定能夠通過儀式。要是他的意志不堅定，那麼他在戰爭中所能起的作用也有限，我們不需要這種無法完全確定是敵是友的人類戰力！」

頓了頓，金色光球又道：「而且這對他來說也不是沒有好處的，可以說他作爲人類這個被眾多種族所厭惡的存在，這是唯一洗刷他的名聲、獲得別人信任的方法。」

一直等待著對方決定對自己的處置的艾德，聽到這裡不禁露出恍然的表情。

的確，艾德知道他身爲人類，在其他種族眼中是令人憎厭的存在。可要是他完成了靈魂誓約，那至少能夠明確表明自己的立場與誠意，也能夠讓將來可能並肩作戰的同伴願意將後背交託給他。

靈魂誓約對艾德來說的確是個嚴苛的條件，但同時也是難得的機遇！

也就只有集合各族首領的力量，才能支撐儀式所需的精神力。錯過了這次，便再也沒有這種能夠讓別人接納他的好機會了！

想通了這一點，艾德主動應允金色光球的建議：「我願意舉行靈魂誓約。」

沉默旁觀過程的布倫特，雖知道這麼做很失禮，還是忍不住出言勸告：「艾德，你要想清楚，靈魂誓約的儀式不是這麼容易完成的。一旦失敗，那便是絕對的死局。」

艾德把一直乖乖待在肩膀上的雪糰抱起，交到布倫特手中，笑道：「放心吧！我對自己有信心，相信我的信念足夠堅定。雪糰就先麻煩你照顧了。」

布倫特接過雪糰，眾人見艾德心裡主意已定，便決定進行靈魂誓約的儀式。

聽到艾德的決定，紅色光球與綠色光球便不再反對。三顆光球往外移動，金色光球來到艾德背後，綠與紅的光球則待在艾德左與右，連同艾德身前的母樹一起，形成了把他圍在正中位置的局面。

隨著儀式開始，強大的能量與威壓從三顆光球蔓延開去。瞬間颳起一股猛烈的能量風暴，旁觀的布倫特等人不得不暫避鋒芒，往後退了一段距離。

此時由能量形成的旋風已包圍住艾德，冒險者們完全看不見裡面發生的事情。

然而神奇的是，由純粹能量形成的風暴卻沒有引起任何聲響，以至裡頭傳來的聲音依然能讓冒險者們清楚聽見，彷彿引發能量風暴的光球有意讓他們成爲這場儀式的見證者。

同樣，身處能量旋風中的艾德也看不到外界發生的任何事情。作爲儀式的誓約者，他全神貫注地等待著將要起誓的誓言。

暴風之中響起了陣陣龍吟，金色光球身後出現了一道又一道巨龍虛影。明明只是沒有實體的影子，卻讓被群龍注視著的艾德動也不敢動，就像被蛇的視線鎖定的青蛙一般。

金色光球那充滿氣勢的嗓音隨之響起：「你以靈魂發誓，將驅逐黑暗與妖邪。」隨著金色光球聲音響起，龍吟聲愈發高昂。艾德知道金色光球的話，正是他的誓約內容。

艾德堅定地回答：「我發誓。」

龍吟聲在艾德的回答下漸漸散去，群龍感受到艾德的眞誠，在他的靈魂刻下第一個誓約。

龍吟靜止，隨之而來的卻是清靈歌聲，彷彿從遙遠的地方傳來精靈的語言，吟唱著動聽樂曲。

在歌聲響起的同時，一個又一個戰士的虛影出現在綠色光球身後。英靈們那尖長的耳朵，說明了他們的種族。

優雅的女性聲音響起，綠色光球說道：「你以靈魂發誓，將為守護善良而戰。」

艾德回答：「我發誓。」

樂曲轉變了，這是精靈族出征前，族人為戰士演奏的樂曲，以精靈語吟唱著的內容是對勇士們旗開得勝的祝福。

第二個靈魂誓約，再次獲得了英靈的承認。

精靈族的戰歌漸漸靜止，隨之響起的是野獸的吼叫聲。

獅子、野狼、猛虎……讓人光聽聲音便已感覺到牠們的凶猛獸性！

紅色光球那霸道又粗獷的嗓音，在獸吼聲中依然清晰：「你以靈魂發誓，將奪回被黑暗侵蝕的土地。」

困難又苛刻的要求，但艾德卻回答得毫不猶豫：「我發誓！」

群獸感受到艾德的決心，獸吼聲帶著讓人熱血沸騰的鼓舞！

第三個靈魂誓約，締成！

就在獸吼漸漸平息、艾德認爲靈魂誓約已成功之際，卻傳來了一陣草原吹動時的沙沙聲響。

隨著這悠然聲響出現的，是一顆有著淡淡幻彩色調的光球。

艾德正爲這突如其來的變故驚訝不已，便聽到幻彩光球傳來一個年輕、充滿甜蜜氣息的少女嗓音：「你以靈魂發誓，將追尋遺失在時間長河中的眞相。」

艾德聞言瞪大了一雙美麗的紫藍眼眸。雖然不知道這多出來的幻彩光球到底是何方神聖，然而對方的話卻正中他的想法，於是艾德堅決道：「我發誓！」

草原吹動的沙沙聲音，漸漸變化成水晶相撞的清脆聲響。

艾德心有所感，這才是最後一個誓約，成功刻印到艾德的靈魂中。

05.
進入神殿

由魔力形成的暴風隨著儀式完成而消失了，艾德總算能夠再次看到旋風外的情景，觸目所及便是母樹那些被風吹得叮噹作響的水晶枝葉。

這仿如樂曲般動聽的聲音很耳熟，不正是剛剛完成了第四個靈魂誓約時所聽到的清脆響聲嗎？

艾德恍然大悟，他立即猜到了最後那個神祕的幻彩光球是誰了！

然而想起幻彩光球那甜美的少女嗓音，艾德又想自己是不是猜錯了，如果對方眞的如他所想般眞正的身分是母樹，那麼已經是當媽的人了，嗓音應該會比較……慈祥？

無論如何，艾德還是有驚無險地完成了靈魂誓約。接下來他要做的，便是努力把這些刻劃在靈魂中的誓約內容完成了。

看到圍繞著艾德的能量風暴總算消失，一直很擔心艾德的雪糰頓時待不住了，拍著翅膀飛到他的肩膀上，啾啾叫著，彷彿在慰問著對方。

艾德伸出食指搔了搔雪糰的臉頰，這是鳥兒很喜歡被撫摸的地方。隨著艾德的動作，雪糰舒服得把羽毛都鬆了起來，看起來更加毛茸茸了。

被艾德猜測眞正身分是母樹的幻彩光球，輕笑道：「既然艾德通過了靈魂誓約，那他就是我們忠誠的盟友。我宣布他通過了審判，也認可他作爲戰友而存在。」

說罷，幻彩光球便像它一開始突然出現般，毫無徵兆地消失了。艾德猜母樹完成她的工作後，便再次陷入沉睡。

金色光球雖然沉默寡言，但他在光球之中隱隱有著領導地位，氣勢也令人無法忽視。它委派了冒險者們任務，道：「你們身爲冒險者本就須周遊列國，並且熟悉前往各國的路線。既然如此，就由你們陪同艾德遊歷光明神教的遺址，直至他取回全部的記憶。我們也會把艾德完成靈魂誓約一事宣揚開去，以方便你們往後的行動。」

艾德聞言，連忙向這些將會有很長一段時間同行的同伴們做出感謝：「拜託你們了。」

艾德聽到金色光球把自己交給布倫特幾人時，忍不住鬆了口氣。他知道這些同伴除了是同行者以外，亦是將會全程監視他這個人類的人。

與其與不認識的人同行，倒不如和布倫特他們待在一起。至少經過這段時間的相處，艾德已經頗爲了解他們的性情，也能夠與他們好好相處。

金色光球之所以選擇布倫特幾人，主要是因爲這些冒險者權二代的身分。即使他們選擇離開族群，可責任感令他們無法對種族的安危置之不理，而且權二代的身分也與族裡的利益掛勾，是非常適合代表種族跟在艾德身邊的角色。

再加上布倫特他們成爲冒險者皆有各自的理由，卻並不是爲了金錢。因此他們可以暫時放下所有手上的工作，在冒險時以艾德的需求爲主，陪著他到處跑——多適合的人選！

丹尼爾撇了撇嘴，雖然心裡不願，但也沒有拒絕。獸族姊弟本就對艾德的觀感不錯，便向他回以一個友善的微笑。布倫特則笑著上前與艾德握了握手：「以後請多多指教。」

決定好對艾德的處置後，三顆光球很快便消失了。

母樹也依然像棵沒有知覺的大樹般沉睡著，艾德嘗試與她說話，對方卻完全沒有反應。

以靈魂誓約的完成難度，儀式確定了艾德的無害，艾德算是在各族中過關了，成爲官方承認的戰友。雖然因爲現在社會仇視人類的風氣普遍，依然免不了讓艾德要受到各種歧視，但至少明面上的惡意針對應該會變得比較少。

既然艾德通過了審判，那他們現在繼續留在妖精原野已經沒有用處了。

艾德並不確定儀式最後出現的幻彩光球是不是母樹，即使那眞的是母樹的意識，現在顯然已經重新陷入沉睡。可眾人沒有因此而怠慢母樹，認認眞眞地向她辭行以後才離開。

獲得了自由決定目的地的權利，艾德打算往之前在光明神殿遺址時，石碑發出的光芒所指示的方向前進。他結合多年前那些散布於人類帝國各處光明神殿的位置，初步確定他們接下來的目的地是哪一座曾經的人類城鎮。

這一次，眾人的運氣很不錯，將要前往的光明神殿遺址並不在魔族領地內，而是位於被收復的土地上。

雖然經過各族的努力，這些年來收復的土地不少，然而除了獸族以外，龍族與精靈都是長壽卻繁衍艱難的種族，妖精……自從母樹沉睡後更是再也沒有新生兒出現了；加上連年與魔族戰爭，各種族的人口更是不升反跌，根本照顧不了那些收復回來的土地。

這些土地有一些建立了新的城鎮，可有更多卻是一直荒廢下來，並暫時劃分到鄰近種族的名下。

艾德他們現在要去的克拉艾斯城，便是其中一座荒廢城鎮。這座城鎮由於鄰近妖精的領土，因此現在暫時劃入了妖精的管轄範圍。

離開時，艾德這才知道原來離開妖精原野也需要作爲妖精的戴利帶領。於是他立即想起克拉艾斯城現在也劃入了妖精領地，該不會過去也需要他帶領吧？

艾德連忙向戴利求證，果然還眞的要有妖精帶著才能出入！

於是眾人只得再次向戴利求助。

對於艾德他們的請求，戴利其實是無所謂的。畢竟妖精們能夠在自家領土內隨意傳送，把艾德他們帶到克拉艾斯城遺址，對他來說也只是一瞬間的事情而已。

而且他對於艾德幾人接下來的冒險也很好奇呢！

只是乖乖地應允下來，那就不是熊孩子戴利了。

於是這小孩便向艾德他們索要報酬。他倒不是要錢，而是想要糖果作報酬：

「老亨利家的蜂蜜糖可好吃了！只要你們買一包……不！五包才對，只要你們買五包蜂蜜糖給我，那我便帶你們過去。」

艾德覺得現在的小孩真是太精了！哭笑不得地說道：「五包你吃得完嗎？而且現在天氣這麼熱，糖果很快便會融化，無法存放太久。」

一番話合情合理，然而選擇與熊孩子講道理，從一開始已經註定了艾德的失敗。

艾德拒絕的話才剛說完，戴利便再次躺在地上翻滾，尖叫道：「不！我就要五包！五包!!」

眾人默默地摀住了耳朵：「……」

要不是進入克拉艾斯城需要妖精帶領，爲了他們的耳膜著想，現在眞想立即與這個屁孩分道揚鑣！

眾人退後了一些，感覺戴利的哭叫聲沒那麼穿腦了，這才把摀住耳朵的手拿開，遠遠看著戴利不達目的誓不罷休地繼續尖叫打滾。

埃蒙不由得感嘆：「母樹眞不容易啊！她到底怎樣容忍這孩子的？」

丹尼爾挑了挑眉：「孩子之所以熊，不就是被溺愛出來的嗎？」

貝琳心有餘悸地道：「想想以前的妖精原野不只戴利一個妖精，要是這麼多孩子一起哭鬧……」

艾德覺得貝琳說的情況太有畫面感了，想想就覺得恐怖：「呃……也許其他孩子會乖一點？而且也不至於所有孩子一起哭鬧……」

聽到艾德的話，布倫特露出了一言難盡的表情，道：「你們忘記了嗎，妖精是共同意識的。」

丹尼爾一時反應不過來：「所以？」

布倫特攤了攤手，道：「所以一個妖精哭鬧，其他妖精都會被他的情緒感染，然後一起哭。」

眾人：「……」

只有一個熊孩子便已經讓人頭痛了，要是有無數集體哭鬧的屁孩……

這到底是怎樣的恐怖故事!?

就在眾人因爲妖精的特性，以及想像中熊孩子集體失控的恐怖畫面而震驚萬分之際，便見一直動也不動、就像沒有意識的普通樹木般的母樹竟突然動了！

只見那晶瑩剔透的枝葉突然向下一甩，直直打向在地上哭叫翻滾的戴利，準確地抽打在孩子肉肉的屁股上。

看到母樹打熊孩子屁屁，以及戴利小媳婦似地委委屈屈地止住了哭鬧、摀住屁股從地上彈起的模樣，眾人心裡的疑問瞬間有了答案。

母樹怎樣處理孩子的哭鬧？

就是打一頓屁屁！

一頓不行的話就兩頓！

艾德不清楚母樹到底是短暫被戴利的哭鬧聲吵醒，還是只是反射性地給予他愛的鞭策……總而言之，結果是好的，有了母樹出手，戴利不敢再獅子大開口了，乖乖接受了一包蜂蜜糖作爲報酬。

其實艾德他們眞的不是吝惜那幾包蜂蜜糖，實在是一個孩子吃不了這麼多，戴利又不是會與其他孩子分享的性格。眞的如他所願給他五包糖果的話，最終不是這孩子吃壞肚子或弄得一口蛀牙，便是多出來的糖果白白浪費掉。

經過短暫的相處，眾人雖然知道戴利本質善良，只是他眞的被寵壞了。

再這麼下去，對戴利來說並不是好事，因此眾人都不想輕易應允他任何不合理的要求，特別是在對方故意哭鬧一番以後，以免助長了這孩子的氣焰，誤以爲只要哭鬧便能夠如願。

原本他們還以爲跟戴利還有得磨，想不到母樹竟親自出手教訓。看來戴利還是很聽母樹的話，而且母樹也不像是個會無條件溺愛孩子的母親……

所以戴利會養成熊孩子的性格，果然還是負責照顧他的居民的鍋嗎？

不過艾德也明白那些人的難處，畢竟是別人家的孩子，總是不方便管教。何況母樹因爲封印魔族而犧牲，陷入沉睡時將妖精託付給其他種族，他們自然是對這些孩子小心翼翼，哪怕委屈了自己，也不想委屈到妖精們。

即使如此，一眾冒險者既然察覺到不妥，便不能任由妖精們被養歪了性格。不然就不是報恩，而是結仇了。

布倫特等人已把妖精的情況報告給各族首領，相信以後所有人對待妖精的態度會做出調整，只怕熊孩子的好日子要到頭了。

母樹爲戴利進行了一頓愛的教育後，便再次回復了一動也不動的狀態，似乎是再次陷入了沉睡中。

看見母樹教訓戴利的行動，艾德猜測對方即使利用睡眠來恢復力量，但仍能保持對外界的些許感知。相較於艾德之前所知道的母樹的狀況，現在對方的情況顯然已

改善不少，這實在是一個令人振奮的好消息。

眾冒險者向母樹道謝後，得不到想要的報酬而氣鼓鼓的戴利，帶領著他們前往克拉艾斯城。

當艾德踏足克拉艾斯城時，他一開始還以爲戴利傳送錯了地方。

身爲祭司的艾德，曾與教廷部隊一起遊走在各座城鎮救傷扶危，克拉艾斯城便是其中一座艾德曾經到訪過的城鎮。

然而艾德記憶中的克拉艾斯城，卻與現在身處的城鎮有太大的差距了！

這種差異不只因爲城鎮都變成了廢墟、原本居住在這裡的居民全都不在，而是整個環境出現了翻天覆地的改變！

克拉艾斯城是一座鄰近礦脈的城鎮，這裡蘊含著不少珍貴的天然礦物，其中以鐵礦產量最豐富，開採量佔全部礦產的八成。

一開始，克拉艾斯城只是個小村莊，居民大都以務農維生，卻因爲發現了鐵礦而變得富裕，各種與礦物相關的職業應運而生。

察覺到商機的外來者大量擁入，令村莊人口迅速增長，本地居民也開始改變他們的生活模式，除了開採鐵礦以外，很快便出現了打造鐵器等各種職業。

然而無論是採礦還是冶煉金屬，都難免對環境造成各種污染，漸漸地，克拉艾斯城便再也看不到藍天，東西在戶外放久一點便會蓋上一層厚厚的灰塵，河水變得渾濁，山坡因爲過度開採經常出現山泥傾瀉的狀況。到了後來，居民們開始罹患各種疾病。

克拉艾斯城的人民不是沒有想過找其他出路，然而他們世世代代都以採礦與鍛冶維生，改做其他的事情他們也不懂啊，而且更捨不得一身技藝就這樣荒廢。

於是隨著克拉艾斯城的環境愈來愈差，居民的身體狀況也每況愈下，形成了惡性循環的同時，也引起教廷的注意，派出部隊來爲居民治療，當年年紀尚幼的艾德便是出行的祭司之一。

然而在艾德初次踏足克拉艾斯城時，他便因爲惡劣的環境而倒下了……被污染的空氣、水源與食物，無一不對艾德的身體造成極大負擔。明明艾德的身體已被大祭司養好了不少，結果這一病又回到了半死不活的模樣。雖然過去了這麼長的時間，甚至艾德還失去了眾多記憶，可他對克拉艾斯城當年的環境仍是奇蹟般地記憶猶新。

不過在克拉艾斯城病倒之後還發生了什麼事，艾德便想不起來了……也不知道到底是因爲那時病得迷迷糊糊而沒有記憶，還是這也是他缺失記憶的一部分。

在人類滅亡多年的現在，克拉艾斯城已經不如艾德記憶中的繁華，變成一座荒廢了很久很久的城鎮。建築物大多倒塌了，磚石堆上生出各種青苔與野草。在艾德記憶中，那座滿布灰白色灰塵的城鎮，此時已被一片翠綠的顏色所覆蓋。

天空也不再是灰濛濛的色調，而是晴朗的藍天。空氣再也沒有瀰漫著灰塵、燃燒煤炭等渾濁的氣味，而是散發著令人心曠神怡的青草氣息。

蝴蝶圍繞著野花翩翩起舞，幾隻小松鼠從大樹上探頭，好奇地看著他們這些不速之客……

對於克拉艾斯城的滅亡，艾德自然是感到非常難過與惋惜的。尤其想到這座城鎮曾經住著這麼多居民，那些生命的消逝讓艾德的心情變得沉重起來。

然而艾德卻不得不承認，隨著人類的滅亡，這片土地獲得了重生。大自然治癒了這片被人類弄得千瘡百孔的土地，艾德一時之間也說不清楚到底是以往灰濛濛的熱鬧城鎮，還是現在這片綠草如茵的土地更具生命力。

艾德忍不住想起，人類在很久以前曾與精靈族爆發一場小規模的戰爭，便是由人類污染了森林的水源所引起。

雖然那次事件很快便被平息，然而那條河流卻已清澈不再。艾德再想起自他甦醒後所聽到那些對人類的惡意評價，其實當中某些批判還是很貼切的。

會爲了利益把自己居住的地方弄得一團糟，然後又因爲環境的污染而付出更大代價的種族，也就只有人類了。

人類啊……眞是一種複雜的生物。

因爲克拉艾斯城的轉變而十分感慨的同時，艾德也沒有忘記他們來到這裡的目的。

身爲曾經前往克拉艾斯城救傷扶危的一員，艾德曾在此處的光明神殿借住。只是現在城裡不少建築物已毀得不成樣，大環境更是換了一副面貌，艾德領著眾人迷路了一番，這才找到了這裡的光明神殿分部。

然而當艾德終於到達目的地時，卻因光明神殿而露出驚訝的神情。

不只是艾德，冒險者們也面露訝異，只因眼前這座光明神殿實在保留得太完整了！

不同於克拉艾斯城其他已經倒塌的建築，光明神殿的外表雖然也很殘舊，能夠看出歲月留下的痕跡，然而它至少保持了原有的外貌結構。在一眾破舊的建築物中鶴立雞群，彷彿受到了神明的眷顧一樣。

在場數人之中，戴利是唯一早就知曉光明神殿特殊情況的人。

戴利是妖精中成長得最快、也最聰明的一個孩子。在克拉艾斯城的遺址成爲妖精領地時，便是由戴利作爲妖精族的代表接收的。

當時戴利曾好奇地遊覽過這座廢棄城鎮，亦早就見識過光明神殿的神奇。由於光明神殿的特殊性，戴利還興致盎然地進入裡面探險，只是卻沒有找到任何寶物，後來他便對這座建築不再關注了。

想不到他會在艾德的帶領下回到這座建築物前，而它正是艾德在尋找的光明神殿。

戴利頓時覺得自己可厲害了！他可是曾進入裡面，知道裡面是什麼模樣的喔！艾德特意前來這裡，一定有重要的事情要辦吧？戴利心裡立刻打起了小算盤，想著要是自己能夠幫上忙，能不能多要一包蜂蜜糖？

然而不待戴利向冒險者們推銷自己，便見艾德已經舉步往神殿裡走，而且還一副對裡面格局很熟悉的模樣。戴利只得默默把要說的話吞回肚子裡，知道自己肖想的蜂蜜糖沒了。

戴利舉步想要跟上，然而丹尼爾卻攔住了他，冷聲道：「你留在這裡。」

戴利聞言頓時炸了：「憑什麼？這裡還是我們妖精的領地呢！你憑什麼不讓我進去？」

其實對於曾經進入過神殿、早已摸清楚裡面沒什麼特別的戴利來說，跟不跟隨艾德進入神殿本是無所謂的。然而受到丹尼爾阻撓，反而讓這孩子生出了叛逆心。

於是……戴利再次不依不撓地哭鬧了起來。

見戴利堅持要進去，艾德揉了揉被孩子哭鬧吵得發疼的額角道：「讓他進來吧。這神殿都空置這麼久了，也沒發生任何事情，裡面應該沒什麼危險。何況這裡是妖精的地盤，不讓戴利進入也說不過去。」

丹尼爾聞言頓覺不爽，覺得艾德讓他丟了面子。戴利更是小人得志地向丹尼爾挑釁地扮了一個鬼臉，兩人相看兩厭了起來。

解決了這個內部小紛爭後，眾人尾隨著艾德進入了神殿內部。

雖然神殿沒有像其他建築物一樣倒塌，然而內部卻有不少破損之處，磚縫長出了植物，甚至有棵依著神殿生長的大樹，樹根已經與神殿融爲了一體。

因爲神殿有很多地方被保留下來，內部環境沒有承受外界的風吹雨打，即使經過了多年時光，仍殘留些許人類留下的痕跡。

比如現在艾德正一眨也不眨地盯著的，石縫之間的黑褐色。

埃蒙上前摸了摸這些痕跡，道：「是血跡，這裡應該曾發生過激烈的戰爭，而且造成了傷亡，即使過了這麼多年，依然留下這些痕跡。」

艾德知道人類早已滅亡，但也許是逃避的心理吧，他從沒有去猜測自己的親朋好友的最後一刻到底是怎樣的。人類的滅亡對他來說其實就像隔了一重紗般，雖然是切身的問題，卻又朦朦朧朧的好像很遙遠。

然而此刻看著這些經歷了多年依然存在的血跡，艾德卻彷彿終於獲得了一絲與過去的連接，見到了當年戰爭那慘烈的一角。

光明神殿對於魔族來說是充斥著光明之力的堡壘，要是戰鬥蔓延至神殿內部，那大約已經到了人類生死存亡的瞬間了吧？

艾德忍不住猜想起血跡的主人到底在怎樣的狀況下留下血跡，那時候他的心裡又在想著什麼？

他痛嗎？害怕嗎？絕望嗎？

他在死前有沒有牽掛與不捨？

他有沒有想起原本應該幸福美滿、可現在卻因戰爭而破碎的家庭？

是不是傷重在這裡動彈不得，最終痛苦地迎來了生命的盡頭？

在他死後，屍體就倒在這裡，然後被嗜血的魔物吞噬殆盡了嗎？

艾德抿了抿嘴，移開盯著血跡的目光，邁出腳步再次堅定地向著目的地前進。

我總會弄清楚事情眞相的。

所以……請你安息吧！

06.
再入幻境

在艾德的帶領下，眾人來到神殿核心，也就是舉辦各種儀式的主殿。每一個光明神殿的主殿裡，都有著一座刻劃了祈禱文的石碑。既然上一次產生異動的是這種石碑，那麼艾德推測石碑很可能是讓他恢復記憶的關鍵。因此進入光明神殿後，艾德便直接往主殿走去。

艾德在尋找的石碑，果然正默默屹立在主殿之中。

有過上次的經驗，冒險者們知道艾德用鮮血啟動石碑後，很有可能會看到一些過去的影像。布倫特猶豫了片刻後止住腳步，停在主殿的入口處詢問艾德：「需要我們迴避一下嗎？」

畢竟艾德已經用靈魂誓約來證明自己的立場，他不再是他們監視的犯人，而是與他們一起冒險的伙伴。布倫特願意尊重對方的隱私，反正以艾德一心想要對抗魔物的決心，要是獲得有關魔族的重要線索也必定會與他們分享，這點信任布倫特還是有的。

顯然其他冒險者都是這麼想，都想著要是艾德介意的話，那他們就不進去了。

只有不知內情的戴利完全不明所以，一臉莫名其妙地詢問：「咦？我們不進去了嗎？爲什麼？」

面對冒險者們的表態，艾德不由得勾起了嘴角，露出一個明朗的笑容。被人信任的感覺很好，他心裡再次慶幸自己決定立下靈魂誓約，並獲得眼前這些同伴。

雖然有著各種不同的性格，可他們都是很好的人啊！

艾德搖了搖頭道：「不用了，大家一起進去看看吧！大家一起觀看石碑顯現的記憶，比較不會遺漏重要的線索。」

既然艾德不介意，眾人便從善如流地隨同他一起步入主殿。艾德也告訴戴利，一會兒也許會看到一些幻象。到時候不要害怕，靜待幻象結束便可。

主殿是光明神教的祭司與信徒們禱告及舉辦各種儀式的地方，主殿前方設有祭壇，祭壇上是一顆不知道由何種晶石打造而成的八芒星。

八芒星看起來像閃耀的星星，可這圖騰其實代表著太陽，同時亦是光明神教的教徽，信徒深信這是最能代表光明神的形象。

艾德進入主殿後沒有立即走向石碑，反而先面對著祭壇的八芒星虔誠地禱告，向他心裡所信仰的神明告知他們的到來。

雖然對於沒有信仰的布倫特等人來說，他們完全不明白艾德這種把希望寄託到神明身上的行為，但眾人也沒有打擾他，安靜地站在一旁讓艾德禱告。

即使想法不一樣，他們也願意彼此尊重，就像艾德即使信奉光明神並信仰虔誠，卻沒有強行向眾人推薦自己的信仰一樣。

他們都明白作為同伴，有時不用完全理解對方的堅持，更不用強行讓對方接受自己的想法，只要互相信任與尊重就好了。

艾德完成禱告後，便走到石碑面前，用一把隨身小匕首在手掌割出一道傷口，隨即把鮮血抹在石碑上。

看到艾德傷害自己的動作，戴利發出了驚訝的叫聲，不明白對方怎麼就這樣自殘了。然而就在戴利想要詢問時，眼前景色一轉，身旁眾人倏地消失，他更陷入了分不清楚真假的幻象裡！

雖然早已知道會出現幻象，可看到這些彷彿親臨其境的幻象時，戴利仍是覺得很訝異。

不同於戴利的驚訝，冒險者等人早已猜測到將會發生什麼事情，有過經驗的他們顯得很淡定，艾德甚至因爲幻象的出現而欣喜。

畢竟從之前的經驗來看，這些從光明神殿石碑所顯現的幻象，很可能便是艾德所失去、且一直在尋找的記憶。

然而艾德看到幻象所展現的境象時，臉上高興的笑容卻不禁黯淡了下來。

艾德再一次在幻象中看到了過去的自己，然而相較於上次與魔族浴血奮戰的意氣風發，此刻幻象中的艾德年紀更輕，少年時期的他正躺臥在床上痛苦地喘息著。

即使已脫離了身體最爲虛弱的時期，可艾德依然記得被病痛折磨的痛苦。光是現在看到幻象顯現的過去的自己，便彷彿感受到那種因病痛而帶來的痛苦與無力感。

小艾德像喘不過氣似地猛烈咳嗽，這讓旁觀著記憶的眾人即使明知艾德能夠安

然長大，也感到一陣膽戰心驚，生怕他下一秒便會咳出血。

眾人看了一圈幻境中的情景，很快便對於小艾德的情況有了初步判斷。小艾德正住在神殿裡養病，而這房間正上方的磚石上所雕刻著的徽章他們也很熟悉，八芒星裡有一個礦石的圖形。礦石圖形是克拉艾斯城的城徽，代表著這是一座設立在克拉艾斯城的光明神殿，也正是眾人此刻身處的這座建築物。

只是幻境中的光明神殿卻是光鮮亮麗的，天花板與柱子上雕刻著一些清晰可見、與宗教有關的圖騰，與現在的殘舊破落形成了強烈的對比。

艾德看著記憶裡小一號的自己，想起他初次外出歷練時曾到過克拉艾斯城。然而他只能夠想起自己到過這座城市，更多的記憶卻沒了。

艾德還想過會不會是自己病得迷迷糊糊，所以對於這座城沒什麼印象，可現在看來顯然是記憶缺失了。這讓艾德對自己在克拉艾斯城的經歷非常好奇，聚精會神地觀看著事情的發展。

✦✧✦

艾德想不到自己才剛踏足克拉艾斯城不久便倒下了，不僅完全幫不上忙，還因爲這裡糟糕透頂的空氣品質而大病一場，心裡滿滿的欲哭無淚。

因爲養病的關係，艾德從小便待在光明神殿，在神殿生活的時間甚至比待在城堡更久。對艾德來說，教廷便是他的另一個家。

耳濡目染之下，艾德對於「祭司」這份職業充滿了憧憬，又因爲自身強大的天賦與一顆善良的心，讓艾德把這視爲自己的天職，並對救傷扶危有著很大的使命感。

可惜天生身體孱弱，令艾德遲遲無法實現自己的理想，以祭司的身分隨同教廷的部隊外出歷練救人。

直至他十三歲時，才終於有了履行祭司職責的機會。

那時候艾德的身體已經在多年調理下有了不錯的改善，大祭司決定這次外出活動時帶艾德一起去。

當艾德得知此事，高興得幾乎要哭出來。他等這天已經等了很久，明明他是一個祭司，光明神賜予他神奇的力量，可是他卻無法幫助到有需要的人。雖然這並不是艾德的錯，可是他卻一直耿耿於懷，覺得有負光明神的託付。

何況每個孩子成長時都有這種特別想向別人展示自己力量、獲得別人肯定的時候。艾德本就覺得體弱的自己經常勞煩他人照顧，有時候難免覺得自己是個累贅，難得可以反過來照顧別人，這次出任務正是艾德夢寐以求的機會。

然而在艾德興高采烈地把事情告知兄長時，安德烈以他身體狀況不理想為由，不允許艾德隨同大部隊外出。

知道天塌下來是什麼模樣嗎？那時候的艾德大概便是這種心情了。

所幸他最後還是說服了安德烈，最終以祭司的身分成功跟隨大部隊出發。那時候艾德的心情既好奇，又有著要做出一番大事業的雄心壯志。

結果艾德前往物資短缺的偏遠小鎮救人時沒有倒下，卻在得知克拉艾斯城有礦場倒塌而前往救援時，因爲惡劣的環境而病倒了……

因爲無法幫忙而悶悶不樂的艾德，再想到身處皇城的皇兄說不定已經收到自己生病的消息，覺得更加頭痛了。

自家皇兄什麼都很好，就是老把他當作小孩子保護這點不好！他都已經十三歲啦！

好吧……雖然十三歲也還是個孩子……可是他是個祭司，很多事情都可以幫上忙的！

這次外出歷練時病倒，只怕回皇城以後又要面對皇兄對他能力的質疑。

這麼想著的艾德，心情更加低落，病懨懨地躺在床上當鹹魚。

礦坑塌陷造成了大量傷亡，教廷所有人都出動去幫忙了，整個神殿變得空蕩蕩的，沒有人氣。原本他們想留下一名祭司來照顧生病的艾德，只是艾德的病情稍微穩定後，他便讓對方趕過去礦場幫忙了。

因此現在神殿裡就只有艾德在，空間非常安靜，只有艾德不時響起的咳嗽聲。

本應如此的。

但就在艾德迷迷糊糊得要陷入睡眠之際，被一陣嘈雜的呼喊聲與腳步聲驚醒。

是大家回來了嗎？

這個念頭剛生起，便立即被艾德否定。

同伴們離開不到半天，礦場倒塌這麼嚴重的災禍，不可能這麼快便搜救完畢。

何況神殿內不許喧譁，即使其他同伴已經完成工作回來了，也不會這般鬧烘烘的！

雖然艾德仍在發燒，頭昏腦脹的他看東西甚至都出現重影了，可現在這種吵鬧的狀況並不尋常，仔細一聽，甚至還有求救與哭喊的聲音。這讓艾德無法繼續平靜地躺著，披上祭司的外袍便離開房間去確認狀況。

結果艾德沿著聲音來到主殿，被眼前的景象嚇了一跳。

主殿此時熱鬧得很，擠滿了克拉艾斯城的居民。這些人臉上滿是驚懼與惶恐，有不少人都受了傷，空氣充斥著血腥味及……淡淡的暗黑元素。

艾德一臉難以置信，幾乎以為自己是因為發燒，所以產生了幻覺！

要知道光明神殿可說是世上光明元素最爲濃郁的地方了，艾德從未想過有一天，會在神殿內看到暗黑元素的存在！

這些暗黑元素，不是應該全都被阻擋在神殿外嗎？

艾德仔細一看，這才發現了端倪。

原來飄散在空氣中的暗黑元素，來自於那些受傷居民的傷口。

因爲這些居民都是信徒，光明神的力量不會把需要幫助的信徒拒於門外。結果那些附在傷口上的暗黑元素便跟隨著這些居民一起進入了神殿。

要不是每個神殿都有光明神的力量加持，削弱了他們身上的暗黑元素，只怕這些居民很快便會受到死氣侵蝕而死，屍體更會化成墮落黑暗的怪物！

就是不知道他們是被什麼所傷，傷口上的暗黑死氣竟如此濃烈純粹。

難道……

腦袋靈光一閃，艾德突然想到一種可能，原本因爲受到病痛折磨而蒼白的臉色，頓時變得更加難看。

「是祭司大人！神殿裡還有祭司大人在！」此時，有居民發現到艾德，立時露出狂喜的神情。

他們就像溺水的人死死抓住浮木般，往艾德擠過去。

「祭司大人！眞的是祭司大人！」

「太好了！請祭司大人保護我們！」

「我的妻子受傷了！請您爲她治療！」

「祭司大人，外面出現了很多怪物……」

「請救救我！我的傷口很痛！」

被這些人一吵，仍發著高燒的艾德覺得更加暈眩。尤其有個居民還激動地抓住他的手臂，想把他拉往受傷妻子身前，害腳步虛浮的艾德踉蹌著差點跌倒。

面對男子無禮的舉動，艾德卻沒有說出任何拒絕的話，任由對方把他拉進人群裡。明明自己也是個病患，明明他的年紀比在場許多人都小，可他卻盡力安撫眾人的情緒：「請放心，無論是什麼傷害到大家，我可以保證它們無法進入神殿的範圍。」

至少現在進不來。艾德在心裡默默地小聲說道。

從很久以前起，早在確定光明神的力量治不好自己的天生體弱時，艾德便已經很清楚神明的力量不是萬能的。所謂的神，也只是力量比人類更強大的某種生命體而已。

然而這卻完全不影響艾德的信仰，他有著一顆堅定、虔誠的心，艾德認爲光明神竭盡所能地潤澤眾生，祂的教義導人向善，那麼這神明便值得自己的信仰與追隨。

艾德不確定外面那些不明敵人是不是眞的無法闖入神殿，只是面對這些方寸大亂的民眾，他也只能裝出一副運籌帷幄的模樣，先安撫他們的情緒。

艾德爲那名重傷女子止血，邊讓民眾把受傷的人聚集在一起。

見外面那些怪物的確如眼前的小祭司所說般，無法闖進神殿，居民漸漸冷靜了下來，依艾德所言把傷者聚集在一起，方便艾德救治。

治療傷者的同時，艾德也從居民口中得知到底發生什麼事情。

幾頭醜陋的不明怪物突然闖入城裡，並大肆殺戮平民。由於礦場發生了嚴重事

故，教廷與城衛兵的人都前往山區進行救助，城裡兵力不足以對付這些突如其來的怪物。

居民們爭相走避，有不少人死去，也有不少人受了傷，血腥味更是吸引著那些怪物窮追不捨，直至他們進入神殿才成功脫險。

聽到居民對那些怪物的形容，再加上附在他們傷口上的暗黑死氣，艾德已經對那些怪物的身分有所猜測。

是魔族！

當年正是這些噁心的魔物大舉入侵帝國，他與兄長才會變成無父無母的孤兒。而艾德也是拜這些魔物所賜，才會一出生便落下病根，活得那麼痛苦！

艾德緊握拳頭，他與魔族有不共戴天之仇，恨不得立即衝出去，成爲對抗魔族入侵的戰力。

然而看著一神殿的傷患，艾德強行壓下心裡的戰意。身爲眾人之中唯一能夠祛除傷患體內暗黑死氣的祭司，他不能丟下這些需要他的人就這樣離開。

只是艾德正在生病，此刻強打精神勉強使用能力，很快便感到有些力不從心。然而眼前還有不少需要他救治的病患，他只得勉強自己繼續進行治療，爲免引起恐慌，艾德甚至努力不表現出絲毫端倪，但他愈發蒼白的臉色，以及額上浮現的冷汗，都顯示出他的身體狀況非常不好。

偏偏那些傷患還不讓人省心，當艾德剛爲一名嚴重傷者初步處理、正要治療下一個傷者時，卻被個女人用力抓住。

面對艾德疑惑的眼神，女人生氣地說道：「祭司大人！我兒子的傷還未治好，你怎麼總是略過他去醫治別人？」

女人的話一石激起千層浪，立即引起早已心生不滿的傷者與傷患家屬鼓譟。他們也有與女人一樣的想法，只是因爲顧忌祭司是唯一能夠爲他們治療的人，以及出於對光明神的敬畏，這才沒有抗議。

現在有人提出質疑，其他人也不再忍著，七嘴八舌地抗議起來。

「就是！我之前已經想說了！」

「爲什麼先治別人？難道他給了什麼好處嗎？」

「我的手還很痛耶！祭司大人怎麼不把我治好？」

「明明我就在祭司大人身旁，怎麼不先治療我？」

「怎麼我女兒的傷還沒完全治好，祭司大人便去治療另一人了？」

「不治療傷者，這還算是祭司嗎？」

面對眾人的不滿與指責，艾德只覺得頭更痛了。也不知道是因爲病情或力量枯竭，還是因爲氣的。

艾德痛苦地揉著太陽穴，解釋道：「我能力有限，這裡傷者太多了，只能先治療傷勢嚴重的傷患。而且接下來還不知道會發生什麼事，我要節省著靈力使用。因此對於大家的傷勢，我只能暫時替你們做初步處理。」

年紀尚輕的艾德有些生氣地想：現在我連舒緩自身痛楚都捨不得了呢，更別說浪費靈力去幫那些人治好他們根本不嚴重的擦傷！

還說我收了好處……我可是拖著病軀無償爲你們治療耶！這是看我年紀小，所以欺負人嗎!?

要是你們再吵鬧，那我便撒手不幹！

雖然心裡滿滿的委屈與抱怨，然而艾德救人的動作卻沒有絲毫停緩，掙開那個女人後便繼續治療傷者。

聽到艾德的解釋，眾人消停了下來。有些人雖然心裡不岔氣，覺得艾德不徹底把傷患治好實在沒有祭司應有的慈悲心腸，但這些人終究是少數。看到大夥不再起鬨，他們也只敢在心裡暗暗罵人，卻不敢繼續鬧事。

平息了民眾的不滿後，艾德頭昏腦脹地繼續爲傷患進行初步治療。其實艾德也清楚，以自己現在身體的狀況並不適合爲傷者急救，無奈神殿裡就只有他一個祭司。要是他不爲這些人治療，那麼不少傷患根本捱不到教廷的人回來救援。

艾德硬是堅持下來，到最後他看東西都一片糊了，幾乎是憑感覺使出治療術，好歹把那些重傷患的性命全都搶救回來。

這時候，艾德的靈力也快要耗盡，爲最後一名傷患做好急救處理後，再也支撐不住地軟倒在地。

站在艾德身旁的人見他突然倒下，頓時嚇了一跳，連忙上前察看他的狀況。結果才發現這個瘦小的祭司一臉病容，蒼白的臉上透著不正常的紅暈，滿額頭冷汗，體溫更是高得嚇人。

一開始闖入神殿時，眾人都處於驚懼中，心神不定，加上擔心受傷的親友，因此沒有把太多注意力投放到艾德身上。

雖然也有人驚訝於艾德的瘦弱與蒼白，但從艾德那明顯不同於一般平民的高雅氣質判斷，怎樣看都像個出身良好的貴族小少爺，便誤以爲這蒼白的臉色是不用勞動、養尊處優養出來的膚色。

可現在看來，這孩子根本就生病了啊！難怪整座神殿的祭司都趕去礦場那邊救人了，這個小祭司卻獨自一人留在這裡，他們還以爲是因爲這孩子年紀小！

身體不適再加上靈力透支，令艾德忍不住發出痛苦的呻吟。他呼出的氣都是滾燙的，要不是祭司有著光明神的眷顧，所以生命力特別頑強，再加上艾德無法放心丟下這些居民，硬是用意志力強撐著精神，現在只怕已經失去意識了。

之前眾人心裡又急又怕又慌，身上的傷痛更是讓他們失了分寸，一心只想盡快獲得治療，完全沒有心力關心別人。

暗黑死氣把他們內心的陰暗面放大，他們自私地滿心只想著讓艾德立即治好自己，甚至還引起了爭吵。

可現在冷靜下來後，他們的理智也回來了，這才驚覺被他們視爲救命草的艾德年紀這麼小。眾人回想之前艾德明明已經很不舒服了，卻仍是強提起精神照顧他們的模樣，忍不住感到一陣心疼。

再想到他們那副因爲艾德是祭司，便理所當然地把所有責任全丟到他頭上的嘴臉，眾人老臉一紅，覺得他們這些大人需要一個病弱孩子來安撫，還吵吵鬧鬧地挑剔對方做得不好，實在太過分了。

連之前那個不依不撓帶頭鬧事的人也不免感到羞愧，心想自己與一個小孩計較什麼呢？對方沒有義務一定要救助他們，艾德甚至比自己的兒子還要小……

艾德被眾人扶起坐好，過了好一會才緩過來。待一陣暈眩過後，重新映入艾德眼簾的，便是眾人又擔憂又羞愧的神情。

扶著艾德的居民止住了他想站起來的動作，勸道：「祭司大人，你好好休息一下吧！」

頓了頓，那人又道：「之前我們太慌亂，對祭司大人您失禮了，眞的很抱歉！」

有人帶頭道歉，其他居民也向艾德表達出道歉與感謝。

「祭司大人，你辛苦了！」

「之前誤會了祭司大人，眞的很對不起！」

「謝謝您爲我們治療。」

這些人闖入神殿後一直鬧烘烘地添亂，要說艾德不在意絕對是假的。然而原本滿心的疲勞與委屈，在聽到對方眞誠的道歉與感謝以後，一肚子的氣瞬間消失無蹤。

艾德出身高貴，再加上安德烈對他的在意與保護，以往圍繞在他身邊的人全都很好相處，可以說艾德是在一個友善又溫柔的環境下成長。

然而外出歷練後，艾德遇上了許多人，發現人心並不如他本以爲的美好。作爲一名救治傷患的祭司，即使幫助他人，卻未必能夠獲得對方的感謝，甚至還可能因爲各種各樣的原因被遷怒。

然而每當艾德感到挫折時，又會因爲傷患的眞心感謝而元氣滿滿。大祭司總說艾德是一個很容易滿足的人，艾德想，他只是很珍惜別人的心意而已。

看到居民們道歉後都眼巴巴地看著自己，艾德正想要說些什麼來回應對方，卻因爲神殿搖晃而止住了。

幾名只有輕傷的居民戰戰兢兢地出去察看，很快地，他們驚恐地跑回來，大喊：「是那些怪物！它們正撞擊著神殿！」

艾德聞言後神色一凜，雖然神殿的結界暫時擋住了怪物的攻擊，但看神殿都被它們撞得搖晃了起來，那些怪物說不定不多時便能闖進來。

艾德絕不能坐以待斃，現在首要的便是去確定外面的情況。

見艾德搖搖晃晃地站起來，一旁的人連忙上前扶住他，既無奈又心疼地說道：

「孩子，你都燒成這樣了，就休息一下吧！」

其他人連忙附和：「就是，你連站都站不穩，就別逞強了。」

看著這些明明很害怕，卻努力想要寬慰自己的居民們，艾德勉力勾起了一個笑容，道：「……」

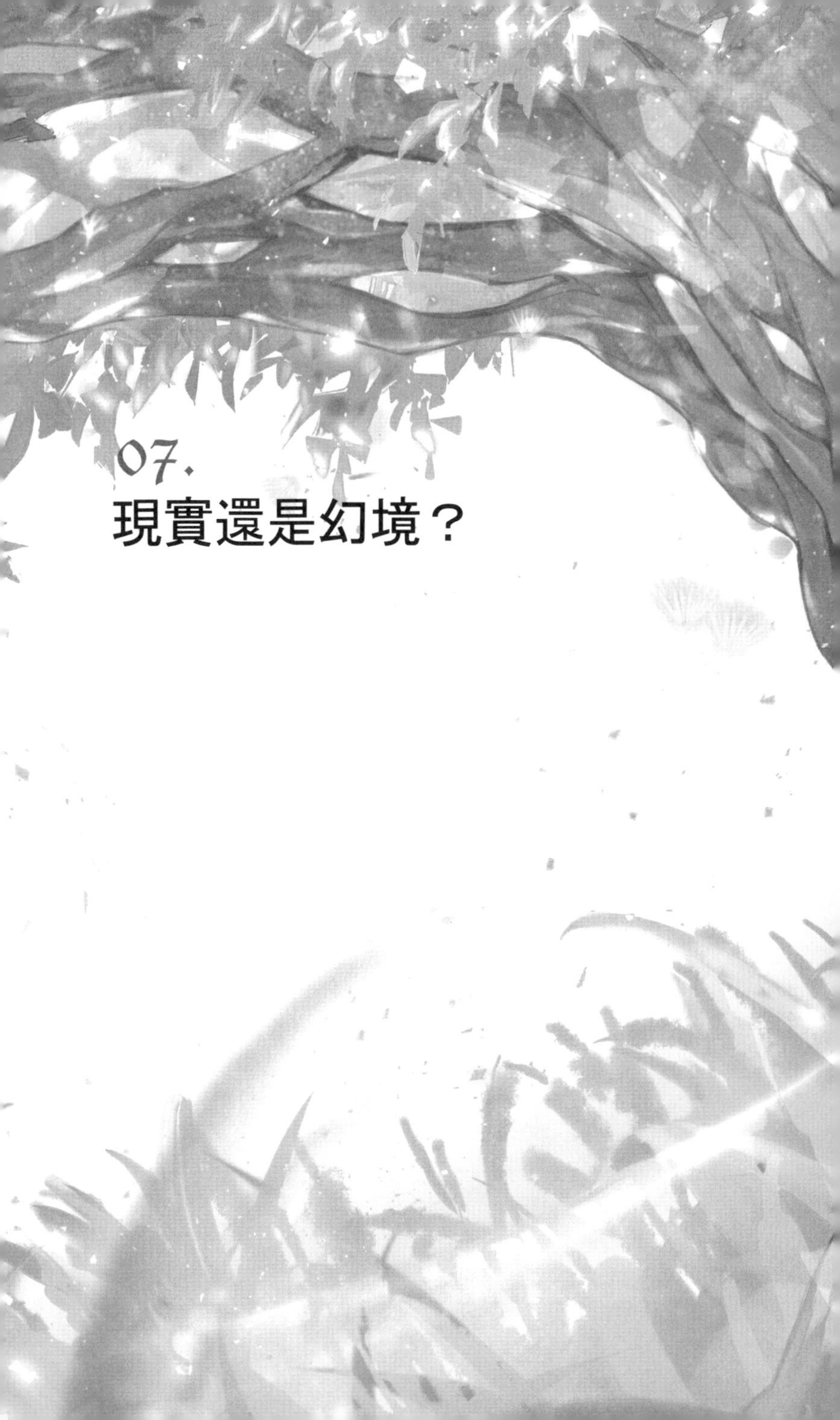

07.
現實還是幻境？

冒險者們被幻象中的故事吸引了心神，正好奇著事件的後續發展，然而幻境卻突然變得不穩定。

他們聽不清幻象中小艾德所說的話，只見他的嘴巴開開合合的，而隨著小艾德說話的動作，四周一切漸漸剝落，很快地，主殿不再光鮮亮麗，他們竟再次回到了破落的神殿裡。

在艾德發動石碑力量之際，陷入幻境中的眾人是看不見彼此的，他們會完全進入幻象裡，以旁觀者的身分看著這段屬於艾德過去的記憶。

然而此時幻境卻莫名其妙中斷了，在四周境象變回破落主殿的同時，同伴的身影也再次出現。

完全沉浸在幻境中故事的戴利，一時之間還反應不過來，他呆呆地眨動著一雙金綠色的貓兒眼：「欸?就這樣完了嗎?」

布倫特也一副大感意外的模樣，抓了抓一頭紅髮，感慨地道：「這次的幻象出乎意料地短暫呢！」

眾人都感到有點鬱悶，就像看小說時來到最緊張的情節，可故事卻突然被腰斬。這讓眾人心裡癢癢的，超好奇接下來的發展啊！

丹尼爾靈光一閃，想到還有一個方法可以知道故事的後續。只是他與艾德的關係不算太好，更是從來沒有給予對方好臉色，因此不好意思直接詢問對方的過去記憶，便假咳了聲，旁敲側擊地說道：「既然幻象出現了，那艾德的記憶應該已恢復一部分了吧？」

獸族姊弟聞言雙目一亮，埃蒙恍然大悟：「對喔！我記得上次艾德看過幻象後，便恢復了一部分記憶。這次如果也恢復了記憶，是不是就可以告訴我們事情的後續了啊？最後那些怪物是魔族嗎？它們有沒有闖入神殿？你們是怎樣脫險的？還有剛剛幻象中你到底向那些人說了什麼呀？」

說罷，埃蒙還洋洋得意地讚賞了自己一句：「我好聰明喔！」

丹尼爾猛地往埃蒙看去，瞇起的雙目透露出危險的光芒。

在丹尼爾凶狠目光的洗禮下，瑟瑟發抖的埃蒙委屈又疑惑。

我說錯什麼了嗎？丹尼爾爲什麼這樣看著我？

貝琳看了看明明想到了關鍵卻不願意直接詢問艾德的丹尼爾，以及不自覺把丹尼爾「功勞」搶去的埃蒙，笑著搖了搖頭。

唉！幼稚的男孩們！

幻象消失後便一臉嚴肅沉思著的艾德，聽到埃蒙連珠砲般的詢問，略帶茫然地說道：「這就是問題所在了……這次我的記憶沒有恢復。」

眾人聞言一愣，丹尼爾也顧不得裝高冷了，詢問：「難道之前我們的猜測錯誤了？發動石碑並不是讓你恢復記憶的關鍵？」

布倫特也苦惱地皺起眉頭：「所以之前的事情只是特例嗎？」

艾德再指出了眾人沒有察覺到的一點：「而且這次幻象中斷以後，石碑沒有再出現光柱指示方向了。」

艾德不怕困難，可他眞的很擔心線索就這樣戛然而止。

眾人討論之際，得知沒有故事後續的戴利便對此不感興趣了，小妖精沒耐性在主殿呆站，開始四處冒險。

然後，他便與在主殿外徘徊的魔物猛地碰上了！

眾人的討論被孩子的驚叫聲打斷，只見戴利嚇得屁滾尿流地跑回來，邊尖叫道：「魔族！外面都是魔族！我們被包圍了！」

「什麼!?」

眾人聞言露出震驚的表情，果見神殿不知何時出現了暗黑死氣，外頭更隱約傳來陣陣魔物的吼叫聲，如同戴利所說，他們被魔族包圍了！

冒險者皆皺起了眉頭，他們都是實力高強的高手，而且實打實地參加了不少對抗魔族的戰鬥。即使一開始因爲陷入幻境而察覺不到這些魔物的存在，可是他們都脫離幻境好一會了，竟然沒有任何一人察覺到神殿外的魔物，這實在很不尋常！

尤其是身體被光明之力改造過的雪糰，牠對暗黑死氣非常敏銳。之前埃蒙被變異植物襲擊時，雪糰是最快察覺到異狀並做出反應的。然而這次魔物都走到門外了，雪糰卻感覺不到異樣？

雖然感到滿滿的違和感，但現在情況危急，也不是追究的時候。布倫特詢問艾德：「那些魔物只是待在外面沒有闖進來，是因爲神殿依然殘留著對抗魔族的光明之力嗎？」

感受了下四周的能量，艾德迅速在眾人身上添上一層聖光，道：「雖然神殿的結界早已被破壞，可主殿還殘留著一些光明之力，也許是魔物一開始沒有闖進來的原因。只是這些光明之力已經很薄弱，雖然會讓魔族感到不適而不想接近，卻無法阻擋它們。剛剛戴利驚動了魔物，讓它們確定主殿裡有活人，以魔族嗜血的天性，應該很快便會克服對光明之力的抗拒闖進來。」

艾德身爲光明神的眷屬，眾人都相信他的判斷，立即做好了應戰準備。

布倫特道：「戴利，你先回妖精原野。」

任由這些魔物在外遊蕩，也不知道會造成多大傷亡，因此冒險者們無法對這些魔物的存在坐視不理。

冒險者們並不希望戴利留下來陪著他們一起冒險，妖精沒什麼自保能力，而且戴利還只是個孩子，布倫特不想讓他看到戰場的殘酷，希望他先離開。

然而戴利點了點頭後，未如眾人所想般傳送回妖精原野。只見孩子一副被嚇到的模樣，哭喪著臉說道：「我無法進行傳送了！」

眾人心裡一驚，他們身處的主殿只有一個出入口，在這裡發生戰鬥有些不妙。要是情況許可，他們更傾向突圍出去，只是現在戴利無法傳送離開，隊伍中多了一個孩子須要照顧，眾人只得壓下想要突圍的心思。

見戴利快要被嚇哭了，貝琳連忙過去安撫孩子。同一時間，外面傳來了魔物騷動的聲響，它們要闖進來了！

如艾德之前的估計，魔物察覺到光明神殿裡傳來生命的氣息，只是神殿殘留的光明之力讓它們猶豫。結果戴利跑出神殿玩時被它們看到了，魔物見了這麼活蹦亂跳的獵物後，嗜血天性讓它們寧可忍受著光明之力所帶來的不適，也要闖入神殿把裡頭的所有生命殺光！

很快地，魔物闖入了主殿，竟有十多頭魔物之多，眾人都被這驚人的數量嚇了一跳！

雖然阻擋魔族的結界偶有漏洞，不時會出現逃出結界的魔物，然而數量都不多。上次他們遇上數隻魔物同時襲擊城鎮，已經算是很嚴重的事件了。

但這一次，他們看到什麼？竟然是十多隻魔物同時在結界外出現！

丹尼爾連連射出箭矢，精靈族靈巧地每射出一箭便轉換位置，把魔族打得連連怒吼之餘，還讓敵人完全無法近身。

只是有限的活動空間限制了丹尼爾的發揮，再加上魔族的數量是他們的數倍，丹尼爾知道戰鬥時間一長，對他們更會不利。他不爽地抱怨：「眞是見鬼了！雖然這些年來結界的漏洞愈來愈多，不過這數量也太誇張了吧！」

布倫特長劍一揮，蘊含火魔法及聖光的一劍把撲過來的魔物擊退，還順道斬瓜切菜般地將其中一頭魔物的爪子斬了下來。然而敵人數量實在太多，很快便有其他魔物衝上來。布倫特苦笑道：「我以爲不久前在聚居地迎來的那一波攻擊，已經是近年魔族少有的集體行動了。」

「所以這些魔物到底是怎麼一回事呀？它們喜歡殺戮，理應不會出現在這種沒有人居住的廢墟……而且這數量眞的太多了！」埃蒙握著匕首，在魔物間敏捷地遊走。雖然他出手次數很少，然而每次出手必對敵人造成重大傷害。

平常的埃蒙性格活潑，卻總是帶著一絲自卑，有些話癆的性格，與其說他喜歡說話，倒不如說因爲沒自信，所以總是不自覺地展現自身的存在感。

然而戰鬥時認眞起來的埃蒙卻像換了一個人，凌厲又穩重，彷彿從一隻看起來人畜無害的貓咪，化身成凶猛的獵豹。

貝琳沒有加入戰團，她與艾德一起守護在戴利身前。貝琳心思細密、身手了得，艾德則擅長防禦與治療，有他們守護，沒有任何一頭魔物能夠闖到戴利面前。

見戴利嚇得縮成一團，瑟瑟發抖，艾德讓雪糰飛到戴利肩膀上。果然，毛茸茸的小動物很順利地分散了戴利的注意力，再加上雪糰身上充滿了溫暖人心的光明之力，很快緩和了戴利的緊張與恐懼。

眾人本以爲闖進來的十多頭魔物已經是全部了，誰知道他們消滅了一些後，從外面竟然闖入了更多魔物，簡直殺也殺不完，也不知道外頭到底還有多少！

這種狀況實在很詭異，艾德不明白這些魔物到底在想什麼。以它們的數量，要是一開始全部闖入主殿，眾人根本沒有還擊之力，偏偏它們卻保持著一個壓著他們打，卻又不會一下子將他們全滅的攻勢。

難道這是魔族的惡趣味嗎？不全力擊倒對手，要讓敵人從打不盡的敵人中漸漸感到絕望？

感覺很變態耶……

而且魔族真的有這麼聰明嗎？

雖然完全搞不懂眼前這莫名其妙的狀況，可面對著充滿殺意的魔族，眾人也只能盡力迎敵。可再強大的人也會有極限，在這彷彿永無止境的戰鬥中，眾人的體力也快要耗盡了。

其中情況最糟的人便是艾德，別看他好像一直在戴利身旁，腳步也很少挪動，一副悠閒的模樣，可其實眾人之中，艾德是最忙碌的一個。

身爲祭司的他須要隨時掌握全場狀況，同時支援數名同伴，適時爲戰友添上魔法護盾，又或者及時爲他們的武器補上聖光以對付魔族，並在同伴受傷時給予治療。

總而言之，在這個缺乏光明之力的世界中，艾德的力量就像是對抗魔族的萬能藥。他簡直就像一塊磚，哪裡需要便搬往哪裡。

所以艾德是眾人中最忙碌的那個，也是須要不停輸出靈力的人。

理所當然地，即使有雪糰的支援，艾德也是眾人之中最先支撐不住的那一個。

畢竟他的身體本就受不得勞累，現在還大量耗費精神與靈力，面對高強度的戰鬥，已開始感到有些吃不消了。

靈力的消耗直接反映在戰鬥中，雖然艾德已經很努力跟上同伴們的戰鬥節奏，但仍是被他們察覺到他的狀態。

在艾德出現以前，布倫特幾人從不知道一場戰鬥可以如此暢快淋漓。有了祭司的支援，來不及避開的攻擊都被聖光盾擋住了，眾人受傷的機率大大降低；即使不幸受傷，傷口也會立即被艾德治好。他們甚至產生一種錯覺，艾德彷彿有著預知能力，總能夠在他們需要時即時做出最好的支援。

特別像丹尼爾這種擅長遠程攻擊的弓箭手，更能感受到一個又能盾又能奶的隊友到底有多珍貴。即使他嘴上不說，但心裡卻不得不承認有了祭司在後方支援，讓他少了很多後顧之憂，戰鬥實在是太爽快了！

然而暢快淋漓的戰鬥並未能一直持續下去，不久，他們便察覺到艾德開始力不從心。畢竟這是沒辦法的事情，以往艾德在教廷的戰鬥都是與其他祭司同伴一起完成，可現在就只有他一個祭司了，艾德還不能很好地適應在戰場上獨自支援同伴，靈力也跟不上消耗。

又一次被聖光盾所救，丹尼爾看著艾德搖搖欲墜的模樣，皺起了眉頭，語氣很差地質疑：「你到底行不行呀？不行的話便與戴利一起躲起來，別在這裡添亂！」

聽到丹尼爾的話，即使在激戰中，布倫特還是忍不住嘆了口氣。他心裡對於丹尼爾的彆扭程度實在很絕望，明明是擔心對方的話，可在丹尼爾口中說出來，就像在挑釁。

艾德倒是脾氣很好地沒有生氣，也不知道他到底是看出丹尼爾的彆扭性格，還是習慣了對方的壞脾氣。

只見艾德溫和卻堅定地搖頭拒絕：「不……也許我不夠強大，可只要我還能幫得上忙，便不會離開。在我正式成爲祭司的時候，我便向光明神做出了誓言……」艾德頓了頓，及時爲埃蒙的匕首補上聖光，續道：「雖然在戰鬥中祭司是支援的位置，然而我要成爲戰友的護盾。在無法挽回的危難關頭，最先死去的那人也應該是我。」

眾人聽到艾德的話時都愣了愣，仔細品味這番話的含意、得知這到底代表著怎樣的覺悟後，他們不禁露出了訝異又佩服，卻帶著些許沉重的神色。

艾德說他會是眾人之中最先死去的那一個，是因爲身爲祭司的他，在團隊中是保護同伴的存在。無論任何時候，他都應該以守護同伴爲己任。而這種守護，會一直維持到他生命消逝的那一刻。

在此以前，在他的保護下，不會有任何同伴在他眼前死去。這便是艾德作爲祭司，對自己的神明所做的誓言！

一眾冒險者的神情都很複雜，他們還是第一次遇見像艾德這樣的人。

像艾德這種沒什麼攻擊力，只能待在隊伍後方擔任支援的援助位置，以往在他們眼中是徹頭徹尾的弱者。祭司應該躲在隊伍的安全位置，有危險時率先撤離。

正因爲有這種想法，布倫特幾人與艾德一起並肩作戰時，其實心裡總有種只要他們打不過，待在後方的艾德便會丟下他們先行撤退的感覺。

可現在，這個病弱的青年卻告訴他們，他從一開始便決定了，在萬不得已時，他會是眾人之中最先死去的那一個！

艾德這個祭司，從來都不是躲在他們身後，而是擋在他們面前，想要爲他們阻擋一切的傷害！

布倫特幾人都是冒險者之中的佼佼者，從不認爲自己需要別人的保護。可回想每次與艾德的並肩作戰，這才驚覺他們一直被這青年堅定地守護著。

艾德的心意與覺悟，讓他們十分動容。

就在此時，四周景色竟再次轉變，源源不絕闖入主殿的魔族瞬間消失了！

取而代之的，是重新出現了那些在幻象中惶恐不安的民眾，以及被眾人包圍在中心的小艾德！

他們竟然再次陷入幻境中!?

現在主殿的地上還躺著一些小艾德沒有完全治好的傷者，主殿被衝擊得發出陣陣震動，外面傳來的魔族吼叫聲也完全承續了之前幻境中的劇情。

只是與先前所經歷那彷彿親臨其境的幻象有所不同，此刻無論是城鎮居民、傷者，還是小艾德，都帶著些許虛幻感，一看便知道他們不是現實中的人。

而且眾人還看得見其他同伴，不再像一縷單獨進入幻境的幽魂。他們站在小艾德身旁，彷彿從上帝視角的旁觀者，變成了參與事件的見證者。

但這顯然只是錯覺，因爲幻象中的人們依舊看不見他們，他們也無法觸及幻象，更別說參與幻象中曾經發生過的事件了。

小艾德的影像重新出現時，正好與艾德此時站立的位置重疊，彷彿過去與現在的時空在此刻連接在一起。

更何況，承接著幻象中情節的小艾德，接下來所說的話，恰巧與剛剛艾德所說的非常相似！

只見仍發著高燒的小艾德雖然一臉病容，卻沒有絲毫退縮，堅定不移地說道：「即使我的能力薄弱，可我作爲祭司，是在場所有人之中唯一有力量阻擋這些魔物的人了。我相信教廷的大家得知城鎮遇襲的消息後很快便會趕回來，我們只要支撐到那時候便好。」

說罷，小艾德向眾人勾起一個安撫的微笑。也許是身體因素，小艾德比其他無憂無慮長大的同齡孩子更加穩重溫和，他道：「放心吧，我們都會活下去的，即使有什麼事情……我永遠會是你們阻隔魔族的屏障。」

雖然這孩子的身體單薄瘦小，然而此刻卻像變得高大起來。

他彷彿像一個小太陽，溫暖了這些因恐懼而如墜冰窟的居民們，讓他們覺得再絕望的環境只要不放棄，仍能迎來活著的希望。

小艾德的話說出以後，幻象便化爲點點金光逐漸消散。

布倫特等人看著主殿再次變得破舊起來，並且恢復了最初的平靜，那些闖入神殿的魔物消失無蹤時，終於恍然大悟。

一開始眾人看到幻境消失、他們回到破舊的主殿並重遇其他同伴時，都認爲幻象已經結束，可其實他們從未脫離幻境，接下來魔物闖入、大家一起對抗魔族的戰鬥，其實也全都是幻象，他們一直待在幻境中！

察覺到這一點後，之前的疑惑之處也能說得通了。

爲什麼這次石碑產生的幻境這麼短暫，又在莫名其妙的地方倏地結束？

爲什麼魔族包圍了神殿，可眾人卻一直沒有察覺到？

爲什麼戴利無法傳送回妖精原野？

因爲他們一直都陷在幻境裡！

直至此時此刻，幻象才眞正消散。

08.
權杖

然而終於脫離了幻境的眾人卻是面面相覷，都沒有下一步動作。實在是剛剛大家都被幻象騙慘了，還展開了一場莫名戰鬥，幸好設置幻象的人沒有歹意，不然後果不堪設想。

這也讓幾人有些不確定，擔心現在幻象消散是不是又是一場騙局，會不會自己仍在幻境裡……

就在眾人驚疑不定之際，便見幻象消散時發出的金光，竟不知何時緩緩匯集到主殿的祭壇上，隨即祭壇爆發出一股強大的光明之力，猛烈的聖光充斥整個主殿！

一片金光中，一把男子嗓音鄭重地說道：「永遠別忘記你的初心，艾德。」

「老師？」艾德認出了嗓音主人的身分，他驚訝地瞪大雙目，可惜入目的只有一片金光，無法看見他思念著的身影。

男子話語剛落，刺目的金光便隨之而散，取而代之的是飄浮在祭壇上的一柄權杖！

所有人的目光都被權杖吸引，不僅是因爲權杖出現時所產生的異象，更多的是因爲它的美麗而移不開視線。

這柄權杖不知用什麼金屬製成，通體泛著美麗優雅的白金色調。權杖頂端是代表著光明神教徽、同時亦象徵著太陽的八芒星。

權杖一看就知道是教廷之物，就是不知道到底爲什麼會突然出現在這裡。冒險者等人移開了打量權杖的視線，轉而投至艾德身上。除了因爲艾德是眾人之中唯一的光明教徒外，更重要的是，艾德看到這柄權杖後表現出很激動的模樣，顯然知道這權杖到底是什麼。

貝琳詢問：「艾德，我記得你的老師是……大祭司對吧？剛剛在金光出現時說話的人就是他？」

雖然艾德脫口而出「老師」二字時音量很小，然而獸族聽覺很靈敏，貝琳正好站在艾德身旁，便把他的疑問聽在耳中了。

貝琳他們都了解艾德的過往，知道他是人類帝國的二皇子，從小父母雙亡，有一個很疼愛他的兄長，因爲先天不足而病弱，從小被送到教廷休養。後來大祭司收他爲

弟子，艾德便成爲了一名出色的祭司。

聽到艾德的喃喃自語時，貝琳立即便想起他的老師是誰了。

面對貝琳的詢問，艾德心不在焉地點了點頭。此刻他全副心神都在權杖上，只見艾德上前拿起了曾經屬於老師、同時亦是代表著大祭司身分的權杖。

就在艾德拿起權杖的瞬間，光明之力從權杖傳到他的身上。

艾德與權杖產生了一種看不見的連繫，原本爲了對抗幻象中的魔族而耗光的靈力，竟然瞬間補滿！

艾德震驚地瞪大雙目。

他被這屬於大祭司的權杖認主了！

權杖認主後，石碑發出了一道金色光芒，爲艾德指引了一個方向。

有了先前的經驗，艾德知道金光過一會便會消失，於是暫時把權杖的事情放在一旁，先將光柱指向的方位記錄下來。

確定了接下來的目的地後，眾人才再次把目光放到權杖上。

艾德輕輕撫過權杖表面，年歲的更迭沒有在權杖上留下絲毫痕跡，這柄權杖依然如艾德記憶中那般光潔美麗。

布倫特回憶著他們進入神殿後所發生的連串事情，道：「我認爲剛剛的幻象內容是針對艾德而設，那些闖入主殿的魔族也許是對艾德的測試。」

貝琳頷首：「我也是這麼認爲，幻象讓我們誤以爲自己被魔物攻擊，這應該是大祭司給繼任者的試煉。加上權杖出現時大祭司所說的話……那些幻象是要測試艾德面臨逆境時意志是否堅定，能否守住初心？」

聽到貝琳的話，埃蒙雙眼亮晶晶地道：「那艾德獲得權杖的認主，是通過試煉了吧？眞是太棒啦！」

爲艾德高興的同時，埃蒙便想起艾德當時所說的那番令他們動容，同時也獲得權杖認可的話。

無論是現在的艾德，還是當年那小小的祭司，都決心以守護爲己任，擁有面對

危險時擋在同伴面前的覺悟。

其他人怎樣想埃蒙不知道，可經過這次，艾德在埃蒙心裡已有著與布倫特等人相同的地位，是他可以全心信任與認可的同伴了。

丹尼爾一臉不爽地道：「弄個試煉也要拉無辜的人下水，人類果然是卑鄙的生物！」想到剛剛自己這麼賣力地戰鬥，丹尼爾便感到被人愚弄的不悅。

艾德看著懷裡的權杖，心情複雜。他曾多次看到這柄權杖在大祭司手中是怎樣爲陷入絕望的眾人帶來各種奇蹟。

大祭司是艾德的憧憬，從小他便把大祭司視爲奮鬥目標，一直希望有天能夠獲得這柄權杖的認可，像他的老師般引領與保護著同伴。

當年的艾德絕對想不到，他在多年後眞的實現了這個夢想。然而卻不是在大祭司年邁退休時接過對方的棒子，而是在人類已經滅亡的情況下，繼承了屬於大祭司的權杖。

艾德當然很高興自己能夠獲得權杖的承認，只是如果可以選擇，他更願意老師能夠好好活著，也希望所有他愛的人仍能陪伴在他的身邊。

可惜這些都只是他的奢望而已吧？

雪糰歪著頭，打量艾德手中的權杖，權杖充滿的光明之力讓牠感到非常舒服。於是雪糰便飛到權杖頂端的八芒星上，蓬起了毛讓小小的身體看起來脹大了一圈，並拍動著翅膀，志得意滿地啾啾叫。

牠這副得意的小模樣，彷彿在說：我家奴才的實力增強了，是時候要統治世界啦！

看雪糰這可愛的萌樣，艾德不禁勾起了嘴角，因爲思念早已逝世的老師而產生的沉重心情也變得明亮起來。

就在艾德要向眾人交代這次記憶所得時，想要說的話卻被戴利打斷。

確定了沒有危險後，戴利頓時生龍活虎了起來。只見孩子摀住肚子，皺起了小臉，很不客氣地叫嚷：「我肚子很餓呀！你們快去準備食物給我吧！餓死我了！」

丹尼爾敲了敲戴利的頭：「小子，注意一下你說話的語氣，我們可不是你的奴

僕，沒有照顧你的義務。」

話雖然這麼說，可丹尼爾已從空間戒指裡取出一包餅乾，並將其中一塊塞到孩子口中。

被丹尼爾反駁，戴利原本氣鼓鼓地想要說話，誰知一開口便被人塞了一塊餅，想要說的話頓時說不出來。

戴利努力地嚼嚼嚼，想要快些把嘴裡的餅乾吞進肚子裡，好空出嘴巴與丹尼爾吵架，結果嚐到餅乾的味道後雙目一亮，瞬間忘記了原本要與丹尼爾吵架的想法，接過對方手裡的那包餅乾後，一塊接一塊地吃得不亦樂乎。

「這餅乾真好吃！是在哪裡買的？」戴利覺得這是他人生中吃過最好吃的小餅乾了！

戴利只是隨口一問，丹尼爾沒有回答他也不在意，卻不知道被他熱烈讚賞的美味餅乾，其實就出自丹尼爾之手。

艾德看到丹尼爾一臉冷酷，然而尖尖的精靈耳朵卻泛紅時，嘴角忍不住翹起。

每個人都有些小愛好，丹尼爾閒暇時喜歡做甜點。而且他做的甜點全都非常可口，即使是最普通的小餅乾，也有著與眾不同的美味。艾德覺得如果丹尼爾不當冒險者了，絕對可以改行當甜點師傅，一定能夠以此發家致富！

吃過丹尼爾做的甜點後，從此對方在艾德的心目中，便是一個被冒險所耽誤的甜品師傅了！

艾德仍記得自己剛得知丹尼爾這個愛好時有多訝異，畢竟做甜點這麼溫柔的喜好，實在與對方那副冷酷帥哥的外表差異太大了，讓人感覺有些反差萌呢！

見戴利吃得那麼香，眾人都被他勾起了食欲，這才發現不知不覺已經中午了。他們還沒吃午飯，難怪放鬆下來後便開始覺得肚子餓。

埃蒙興致勃勃地提議：「我們不如到外面去野餐吧！難得這裡的自然風景這麼漂亮！」

聽到埃蒙的提議，艾德的心情不禁有些複雜。

要知道以前克拉艾斯城是個因採礦、煉鐵等各種工業被嚴重污染的城鎮，可是

人類滅亡了這些年後，此刻在埃蒙的口中卻成了一處自然風景很漂亮的地方。

埃蒙的提議，眾人沒有異議，正好先前前往神殿時，他們發現了不遠處有一片美麗的花田，是個野餐的好地方。

幾個人從空間戒指裡取出乾糧埋頭便吃。雖然便於存放的旅行用乾糧味道一般，但在肚子餓的時候吃卻顯得特別香。

艾德也在吃東西的同時，邊向同伴分享他這一次的收穫：「這次的幻象是我在剛剛成爲祭司時，初次外出歷練所發生的事，當時是我第一次面對魔族。獲得權杖的同時，我也恢復了這部分的記憶。」

說罷，艾德不免感到有些遺憾。雖然這些缺失的記憶對艾德來說，是他非常珍貴的東西，然而這次獲得的記憶，對於弄清楚魔族是怎樣大舉進攻這個世界，以及人類爲什麼會滅亡，仍是完全沒有幫助。

丹尼爾聞言指出：「上次你想起來的是與魔族作戰的情景，這次幻境則是更早之前的時間，也就是說你恢復的記憶並不是按照順序的。」

貝琳補充：「而且幻象中所出現的記憶，似乎都與魔族有關。」

上一次的幻境，是艾德初次上陣與魔族戰鬥的回憶。而這一次，則是艾德第一次眞正面對魔族時的記憶。

所以這些都是……艾德與魔族不得不說的第一次？

貝琳甩了甩頭，把心裡生起的詭異想法甩開。

埃蒙注意的重點卻與別人不同，他雙目發亮地詢問：「所以艾德你已經恢復了與幻境相關的記憶對吧？神殿外面的怪物眞的是魔族嗎？最後怎樣了？你們都得救了嗎？」

布倫特哭笑不得地糾正：「艾德現在能夠坐在這裡與我們一起吃午餐，他們當時絕對是得救了啊！」

「對喔！」埃蒙不好意思地搔了搔臉，更正道：「所以你們是怎樣得救的？」

聽到埃蒙的詢問，對於故事後續同樣很感興趣的戴利也抬頭看向艾德。

艾德被埃蒙的話逗笑了，他覺得埃蒙這孩子眞是個開心果，與他說話總能讓人

感覺輕鬆愉快：「其實幻境結束時，當年事件已經快要進入尾聲。那些襲擊居民的『怪物』的確是魔族，它們要闖入神殿時，正好教廷的大家收到消息及時趕了回來，合力把那些魔族消滅了。」

戴利聞言頓時露出了失望的表情，不是這個故事結局不好，只是覺得虎頭蛇尾實在太無趣；埃蒙倒是很高興，覺得那些魔物沒有再造成傷亡眞是太好了。

布倫特身爲冒險小隊的隊長，盡責地把話題拉了回來，總結道：「暫時不知道這些光明神殿的石碑是針對艾德個人，還是只要是人類都能夠產生同樣的效果。我更偏向教廷裡的異象都是針對艾德而設，畢竟那些幻境除了能夠恢復艾德缺失的記憶，還有一柄大祭司留給艾德繼承的權杖。」

頓了頓，布倫特續道：「既然大祭司把權杖留下，也就是說，艾德能夠在魔族大舉入侵人類領土後存活，並且一直沉睡至這個時代甦醒，這些也是光明神教早有預料的事情。艾德，對此你有什麼想法嗎？有沒有想起任何相關的事情？」

艾德握著權杖的手緊了緊，對於布倫特的疑問，艾德是最想知道答案的人。

可惜這些問題的答案偏偏都是他所缺失的記憶，艾德完全不知道自己爲什麼能夠活下來，爲什麼石碑會把他的記憶變成幻境呈現出來，爲什麼老師會把權杖留給自己。

爲什麼會是自己？自己到底有什麼特別的地方？

艾德不只一次在心裡這麼詢問過，可惜他什麼有用的線索也想不起來。

見艾德搖了搖頭，表示他對此也沒有任何頭緒。布倫特頷首示意了解，對於艾德的茫然倒是沒有太大的失望。

在發現剛甦醒的艾德缺失了不少重要記憶時，布倫特便有預感艾德也許是某個計畫的重要一環，他所缺失的記憶不會這麼輕易地找回來。

經過這次在神殿的經歷後，布倫特更加確定艾德不是因爲好運而活下來，艾德是人類……至少一定是教廷特意留下來的火種。

之所以會選擇艾德，必定是他有什麼過人之處。雖然布倫特與艾德的兄長安德烈是好友，卻因爲艾德體弱而與他沒有多少交集，亦從未在好友口中聽說過艾德有什

麼特別的地方。

與艾德相處的這段日子，布倫特細心觀察下也找不出任何異樣，艾德只是個病弱的普通青年而已。

艾德沒有特殊體質，相反地，他的身體比一般人類還要虛弱，也沒有特別的才能，在當年，祭司這個職業在人類之中並不稀有。

既然教廷有方法保住人，爲什麼不選擇能力更加強大的大祭司，最終挑選了艾德呢？

他們這些冒險者的任務，除了幫助艾德尋找人類滅亡的眞相外，更要弄清楚艾德能夠存活下來的原因，並找到教廷到底有沒有留下用來對抗魔族的後手。

當年「深淵」出現得毫無先兆，從魔族大舉入侵到人類滅亡歷時太短，說不定教廷有什麼對付魔族的後手來不及使出，艾德很有可能便是這計畫的重要一環。

可如果事情眞的如同他所猜想般，爲什麼要把艾德相關的記憶封印呢？

無論人類的教廷有著怎樣的計畫，保有魔族相關記憶的艾德，不是能更好地實行計畫嗎？

艾德的狀況實在太奇怪了，再加上各種族對人類都有著很大的警惕，認爲這個差點讓魔法大陸陪葬的種族怎樣防備也不爲過，以致於眾人雖然願意相信通過靈魂審判的艾德的品格，卻不敢對人類的教廷託付同樣的信任。

畢竟人類引來了魔族，讓他們失去了其他種族的信任。教廷一連串操作讓人摸不著頭腦，誰知道人類爲了自保，還會弄出什麼事情？

因此對於艾德的各種行動，冒險者們都是帶著戒備來仔細觀察的，並且對此也有各樣負面的猜測。

說不定艾德的任務便是犧牲其他種族的生命力來拯救那些人類，讓人類再次重臨魔法大陸？

這種獻祭生命的邪惡法術在這個世界眞的存在過，只是因爲代價太大，而且受各族抵制，最終失傳了。更別說世上還有不少埋藏在黑暗中、還未被人們察覺到的齷齪了。沒有人知道艾德的甦醒，對於魔法大陸到底是好是壞。誰知道人類是不是在謀算著什麼惡毒的主意呢？

也許這只是他們過於敏感，把人類想得太壞。可這個世界已經千瘡百孔，實在受不得更多摧殘了，因此別怪他們對人類的不信任，這種時候再小心也不為過。

只是現在線索還是太少了，艾德這個當事人也完全弄不清楚狀況。因此布倫特他們現在能夠做的，就只有陪伴著對方去尋找真相，並且一直保持警惕。

討論過艾德恢復的記憶內容，確定當中沒有其他特殊之處後，眾人便把注意力轉移到石碑光芒所指示的方向。

艾德取出地圖研究了一會，確定了下一個目的地，是獸族的領地。

那片土地原本也是屬於人類的城鎮，只是被魔族佔領後，現在已被聯合軍奪回來，並成為了獸族的領地。

以往人類帝國仍存在的時候，人類位處於四大種族的中心位置。人類滅亡後，深淵便取代了人類處於大陸的中心地帶。

假設人類的領地是一個圓，而四大種族包圍在這個圓形的外圍，那麼以眾人所處的妖精領地為出發點，圍著深淵逆時針走，首先到達的便是獸族的領地。

其次是精靈族，最後是龍族。

因此看到下一個目的地是獸族領地時，眾人都吁了口氣。若萬一下個目的地在精靈族的領土，他們便要橫跨整個魔法大陸才能到達了！

前往克拉艾斯城神殿的目的已經達到，雖然恢復了部分記憶，甚至還獲得大祭司權杖這個意外收穫，然而對於艾德了解事情真相卻沒什麼幫助。

因此眾人在野餐時順道綜合了各自的想法，決定不再久留。讓戴利把他們傳送到一開始進入妖精領地的邊界，他們可以在天黑以前把戴利送回萊克斯城。

此時戴利已經很疲憊了，吃飽後頻頻打起了呵欠。

妖精雖然是長生種族，只是他們都維持著和小孩子外貌相符的心智。因此戴利雖然經歷過魔族最為猖獗的年代，可身為孩子的妖精們都被保護在後方，從未直接面對過魔族。

今天在幻境裡，是戴利第一次真正面對魔族這種可怕的生物，也是初次面臨這種生死一線的情況，他真的被嚇得夠嗆，繃緊的精神放鬆下來後便感到特別疲累。

戴利現在只想回家好好睡一覺，不想在這座沒有什麼特別的廢墟繼續待下去。要不是之前肚子餓，再加上想要聽艾德說幻境的後續，戴利早在艾德拿到權杖後便已哭鬧著要離開。

現在聽到冒險者們主動提出要離開這個鬼地方，戴利一秒也不想逗留，收拾好東西後，二話不說就把眾人傳送到最接近萊克斯城的邊境。

妖精族的傳送真的省時省力，原本需要數天的路程，有了妖精的傳送，他們不到一小時便重新回到萊克斯城了。

然而才剛接近萊克斯城，雪糰立即向眾人示警！

能夠讓雪糰比冒險者們更迅速地察覺到不妥，並且引起這隻小鳥兒這麼緊張的反應，也就只有魔族了！

難道才剛脫離幻境中的魔族圍攻，在現實又要迎來一波魔族襲擊了嗎？

09.
拯救生命

眾人立即做好了迎戰準備，但對於戴利的去留卻有些猶豫。如果現在他們仍在妖精族的領地，那麼讓戴利傳送回妖精原野便可以確保他的安全。畢竟妖精原野是母樹開闢出來的獨立空間，魔族無法輕易闖入。然而他們此時已經回到了萊克斯城，戴利要回妖精原野，則得折返一段路。現在情況不明，往回走也不一定比進入萊克斯城安全。

思量片刻，布倫特便讓戴利緊跟著他們一起進城。

戴利對此沒有異議，這孩子雖然調皮，但在面對正事時也是有分寸的。他很清楚自己人小力弱，出事情的時候只能靠身邊的人保護了。

戴利敏銳地察覺到空氣中瀰漫著的緊張感，這種時候絕不是任性的好時機。因此冒險者們叫他怎樣做他便怎樣做，乖巧得像換了一個人，合作良好的態度讓冒險者們鬆了口氣。

眾人進入萊克斯城後，發現街道上一片混亂，竟有不少野獸闖入了城鎮，其中有狼群，亦有本應獨來獨往的棕熊與老虎！

艾德仔細感受了下，皺起眉頭，道：「這些野獸渾身充斥死氣，牠們接觸過魔族，現在已經變異了！在這些變異野獸中，至少有一頭轉化牠們的魔物混在裡面，大家要小心！」

被暗黑死氣侵蝕變異的野獸會變得特別暴戾，而且戰鬥力大增。特別像棕熊這些力量強大的野獸，破壞力更是驚人。牠們不僅殺害生命，沿途還毀壞不少房屋，也不知道有沒有走避不及的居民被壓在瓦礫下。

生物被死氣侵襲後會漸漸變異成闇系生物。隨著時間，這些介乎生與死之間的變異生物會完全失去生機，最終轉變成魔物。可現在放眼望去，這些野獸都只是剛變異而已，即使實力較高，但現在的牠們終究不是魔物。

大部分民眾在這些野獸闖入城鎮時已及時躲起，卻還是有不少來不及逃走的人被野獸所殺，地上滿是鮮血與屍骸。

城衛軍正與這些野獸戰鬥，士兵實力不俗，可以看出局勢已被控制。只是因為闖入城鎮的野獸數量太多了，且又分散在城內各處，因此需要時間來消滅牠們。

艾德迅速爲幾名同伴加持了聖光，他相信有了冒險者們的加入，應該很快便能夠把敵人全部消滅。

看著眼前地獄般的景象，艾德猶豫：「對付這些野獸，以你們的實力應該不需要我的支援了。所以我想先行離開……」

「我們沒問題的，去做你想做的事情吧。」不待艾德說罷，布倫特已同意了艾德的想法。這位穩重的領導者總能了解隊員的想法並給予支持，只見他溫和地說道：「去吧，艾德，去拯救生命。」

在變異野獸的攻擊下，不少受傷民眾都在祈求著奇蹟。

吉奧多無力地躺在地上，默默看著蔚藍的天空，感受著生命的流逝。他的運氣不好，逃跑時被一頭變異老虎抓傷，也許傷到了大動脈，傷口血流如注，怎樣也止不了血。很快他便再也跑不動，只能倒在地上等待死亡降臨。

傷口傳來陣陣劇痛，吉奧多大半個身體都被鮮血染紅，每呼吸一口氣對他來說都是折磨。既然死亡無法避免，吉奧多甚至祈求著自己能夠盡快死去，不希望在死前還要承受被野獸活生生吃掉的痛苦。

吉奧多那雙已完全喪失生存意志的雙目，映照出一個手握權杖的金髮青年。一隻雪白小鳥拍動著翅膀，降落到青年肩膀上。

金髮青年微微抬起握著權杖的手，一陣耀眼光芒便從權杖上的八芒星照射出來。原本因失血過多而渾身發冷的吉奧多，在光芒的照射下感到身體變得溫暖起來，身上的劇痛竟隨之消失，此刻他就像浸泡在溫泉般舒適！

很快地，吉奧多便在光芒的照耀下恢復了一些體力，他低頭一看，身上的傷口竟然痊癒了！

如果不是染血的衣服傳來不舒服的黏稠感覺、揮之不去的血腥味，以及刺目的紅色提醒著他受的傷有多重，他都要以爲受傷只是一場幻覺了！

珍娜抱著兒子，在瓦礫堆中艱難奔跑。

懷裡的孩子已經沒有反應，珍娜能夠感覺到小嬰兒的氣息已經越漸微弱，只是她不願意放棄。

即使雙腿已疲倦得跑不動了，即使她身上也有著不輕的傷勢，然而珍娜仍是以強大的意志力驅動著雙腿繼續往前跑，也從沒放開過抱著孩子的手。

她必須盡快把孩子帶到治療院，尋找醫生救治。

然而珍娜心裡也很清楚，即使她跑得再快，也很可能來不及了。

有誰，來救救我的孩子？

他還那麼小……

誰來救救他？

求求你！誰都好，請你救救他！

也許上天聽到這可憐母親的祈求，一道治癒傷痛的光芒照射到她與兒子身上。

珍娜緩緩停下了步伐，看向懷中的孩子。

小小的嬰兒張開了雙眼，在聖光治療下感到很舒服的他，向母親露出了天眞無邪的可愛笑容。

一滴又一滴的淚水滴落在孩子臉上，看著兒子的笑容，珍娜不知何時已經淚流滿面。

那是喜極而泣的眼淚。

即使變異野獸的實力不比魔族，然而城衛軍作爲抵禦攻擊的第一道防線，面對突襲時，傷亡仍是在所難免。

只是一個小小的失誤，約翰便被一頭變異野獸撲倒在地，雖然戰友立即施救，可他身上還是被抓出了深及見骨的傷口，還因爲傷勢而動彈不得。

偏偏與他們戰鬥的變異野獸並不只一頭，戰友根本騰不出手把約翰帶離戰場，只能盡力保護他，不讓他被敵我雙方的攻擊傷到。

在戰場中受到無法動彈的重傷是非常致命的，約翰知道自己的傷勢即使不致死，但無法防禦之下，很可能隨時死於下一波攻擊。

最糟糕的是，他的存在還讓同伴們束手束腳，成為了戰友的累贅！

然而重傷的約翰卻什麼也做不到，只能眼睜睜看著戰友為了保護自己而錯過不少攻擊機會，甚至有數人還因此受了傷。

約翰讓戰友別再管自己了，然而他們就是硬不起心腸，無法對他置之不理。

再這麼下去，他們都會被自己連累，死在這裡的！

在約翰無計可施之下，便見一頭變異老虎張開了血盆大口咬向他。要不是戰友為他擋住這波攻擊，約翰已經死了！

然而老虎力氣很大，變異後威力更加驚人。與牠硬碰硬絕對沒有勝算，人類獵殺這些變異野獸只靠蠻力是不夠的。

變異老虎的嘴巴被人用劍擋住後，便伸出爪子抓向眼前的城衛軍。眼看老虎利爪便要拍下，對方下意識就想閃避，然而他立即想到，若是退開，被他保護的約翰便會暴露在野獸的攻擊之下！

約翰見戰友猶豫了，最後竟選擇繼續擋在他的身前，打算硬生生擋下變異野獸的攻擊！

眼看戰友就要被抓，約翰目眥盡裂。

躲開吧！別再管我了！

約翰卻不知道，那人之所以拚了性命也要救他，是因爲約翰也曾豁出性命相救。那時戰況混亂，約翰也並沒有把這救命之恩放在心上，因此早已忘了，然而對方卻一直牢牢記著這份恩情。

再加上那人知道約翰還有妻小須要照顧，而他只是孤身一人，因此早已暗暗下了決定，寧願犧牲自己，也要護住約翰的性命。

就在戰友要被變異老虎重創之際，一道聖光形成的護盾阻擋在他面前。一爪子抓上護盾的變異野獸發出慘烈哀嚎，銳利的爪子竟像碰到烈焰般，瞬間化成了一片焦黑！

隨即一道與護盾同樣溫暖燦爛的金芒包住兩人，約翰腿上的傷勢以肉眼可見的速度痊癒。他來不及弄清楚到底發生了什麼事，直接迅速抓起跌落在旁的長劍，並斬向與同伴對峙的變異野獸，再次與戰友一起並肩作戰！

一道又一道金光亮起，伴隨而來的是讓人動容的聖潔與溫暖。無數陷入絕望的傷患，在這道金光照耀下獲得了希望。

這一天，光明再次映照大地，光明神的恩賜藉著艾德這名祭司之手賜福給傷患們，拯救了眾多生命。

如此的溫柔，又是如此的閃亮。

在眾人與魔物戰鬥的同時，身爲祭司的艾德也用著自己的方式來戰鬥！就像布倫特所說般，當同伴們不需要艾德的支援時，艾德的參戰方式便是盡他所能來拯救生命！

雪糰除了對暗黑死氣特別敏銳外，也對將要熄滅的生命之火有著特殊感應。這個聰敏的小幫手在天空中盤旋，並迅速找到附近須要救治的人，讓艾德能夠及時趕去。

混亂的戰場中，這隻雪白可愛的小鳥讓艾德救人的效率提升不少。

同時，大祭司的權杖也讓艾德節省不少靈力，在救治眾多傷患以後，雖然艾德因爲龐大的運動量而疲憊萬分，然而體內的靈力竟然沒有消耗多少。救了這麼多人竟然還能留有餘力，放在以前，艾德絕對不敢想像！

艾德很清楚自己的極限在哪裡，畢竟知道自己有多少實力，才能更好地在適當時候援助隊友。因此艾德更能充分感受到獲得權杖以後，他已經遠遠超越了自己原本的極限。

有了權杖的幫助，艾德不再須要小心翼翼地保留力量，可以全力把傷患徹底治好了。

以往只治療致命傷，是因爲艾德想保留力量去救更多的人，既然靈力在權杖的幫助下幾乎取之不盡，那他爲什麼不把傷患徹底治好呢？

艾德甚至有種感覺，現在的力量還不是他的全部。因爲他剛剛才獲得權杖的承認，因此對其未有足夠的了解。等他能夠純熟使用權杖後，說不定還能發現更多的妙處。

當然，這便得要艾德在往後好好努力了。而且他羸弱的身體也未必能夠承受更多龐大的能量，但這的確給了艾德在面對魔族時有更多的底氣。

在雪糰幫助下，艾德很快便把四周須要救治的傷患都治好了。此時他也已經快要沒什麼力氣，畢竟靈力因權杖而變多，但他的身體卻依舊廢柴。

附近已沒有需要他救援的傷者，艾德想了想，詢問了城衛兵治療院的位置後便趕了過去。

沿途艾德還治好幾名受了輕傷、正往安全地方撤退的傷者。這些人雖然厭惡人類，但看到艾德的治療能力，立即察覺到對方能幫助到不少傷患，因此在得知對方要趕往治療院，都自薦作為護衛陪同艾德前往。

有時候，雙方有著共同敵人時，便會願意放下成見一起抗敵。何況通過了靈魂誓約的艾德也已不是他們的敵人了，在艾德顯露出他的價值，並治好他們的傷勢後，這些人再討厭人類也不好對艾德黑臉了，世事往往就是這麼現實。

雖然這些人自願保護艾德前往治療院，然而一時之間又放不下對人類的不喜，於是一路上雙方都沒有交談，氣氛滿尷尬的。這讓艾德在終於到達治療院後暗暗鬆了口氣，隨即再次投入忙碌的工作中。

艾德的能力見效快，他先為重傷者進行救治。在艾德到來以前，治療院裡嚴重程度不同的傷者已被劃分開來。由於傷患眾多，人們也來不及處理那些傷重不治的屍體，只用布蓋著放到了一旁。

路過擺放死者的區域時，艾德看到了認識的人。

就在不久前，他們陪著戴利去找阿莉莎道歉時，艾德見過這個女人。

雖然此刻跪坐在地上的她哭得雙目紅腫、神色憔悴，而且衣服上都是血跡，可艾德還是一眼便認出她是戴利的好友阿莉莎的母親。

隨即艾德便看到女人身前有著一具蓋著白布的屍體。而且從白布下隆起的輪廓來看，那是一具小小的、屬於小孩子的屍體。

艾德生出了一股不祥預感。

除了阿莉莎母親身前的那具屍體，旁邊還有數具屍體同樣小小的，應該都是些死去的孩子。有些孩子的父母已經趕到，在屍體旁哭得聲嘶力竭。

對艾德來說，生命無分貴賤。然而像孩子這種天真無邪的生命，想到他們來不及多感受生命的美好便逝去，總讓艾德心裡多出幾分惋惜與遺憾。

察覺到艾德的視線，阿莉莎的母親往艾德方向看去，對方無神的眼神空洞得讓艾德心驚。在她身旁的丈夫悲傷地環抱著她，默默地給予安慰。

一旁協助艾德治療傷者的醫生察覺到二人眼神的交會，他悲痛地向艾德說道：

「變異野獸闖入城鎮時，那些孩子正好在城門處的草地玩耍，與變異野獸碰個正著。那些孩子們……全都被殺了，一個生還者也沒有……唉！可憐的孩子。」

艾德知道他不祥的預感成真了，死者之一真的是阿莉莎，戴利的好朋友。

因爲治療院空間不足，有親屬認領的屍體須要先運走，好爲往後前來求醫的傷患騰地方。看到阿莉莎的父母抱著被白布包住的小小屍體離開，艾德輕嘆了聲便不再關注他們，全力為傷者療傷。無論如何，總是活著的人比較重要。

當冒險者們把所有變異野獸都消滅後，便來到治療院與艾德會合。這時艾德也已治好所有傷患，正坐在一旁休息。

見同伴們到來，艾德二話不說便先甩了幾道聖光過去。

布倫特等人在聖光的照耀下，立即感到身上的小傷口都痊癒了，然而此時聖光卻沒有消失，而是持續在他們身體運行。

在聖光的治療下，冒險者們原本疲憊不堪的精神竟漸漸恢復過來。

這是艾德獲得權杖後提升的能力，以往他只能治癒身體上的傷痛。可現在只要靈力充足，還能夠提升他人的精神，甚至恢復對方失去的血氣與消除身體的疲勞。

簡單來說，就是艾德不只能夠治傷，還能夠讓他們回復到最佳狀態。

這能力還是艾德之前在救治一名受傷的城衛兵時發現的，那時艾德想著對方與那些受傷倒地的平民不同，正在最前線戰鬥。以傷患的失血量來看，即使治好了，對方也需要一段時間才能恢復到最佳狀態，這在戰鬥中是很致命的。

於是艾德便在心裡想著，要是在治療對方的傷勢時，對方的身體狀態也能一併恢復就好了。

結果艾德心裡生起這種想法之際，聖光便在治好了對方的傷勢後，順應著艾德的心意繼續遊走在傷患身上，最後讓那名士兵完全恢復了。

這個新能力也許看起來沒有治癒術強大，可是在戰鬥中能夠發揮重要的作用。有了這股強大的恢復能力，代表艾德的同伴在他的守護下不僅不怕受傷，甚至不會疲憊。只要有艾德的支援，他們便能夠像機器般不知疲勞地戰鬥。

然而艾德沒有因發掘到新能力而興奮多久，很快便發現恢復術須要比治療更細緻的操作，也就代表著更加費神了。但這不妨礙艾德興致勃勃地向同伴展現他的新能力。

眾人都對艾德的恢復術感到很驚喜，埃蒙這個素來直白的孩子更是興高采烈地對此表現出高度讚揚。他覺得能夠與艾德成爲同伴，實在是他們撿到寶了！

埃蒙覺得艾德性格好，能力又不錯，像這種好相處又能夠幫得上忙的同伴，埃蒙眞是恨不得再多來幾個。

布倫特與貝琳的表現雖然沒有埃蒙那麼熱烈，但也為艾德能力的提升而欣喜。就連總是看他礙眼的丹尼爾，也難得沒有說討厭的話來刺他。

這次對戰的敵人不算強大，布倫特幾人很快便偕同城衛兵把變異野獸全數消滅，並將那頭隱藏在野獸群中的魔物找出來滅掉了。

這種程度的戰鬥對他們來說實在不算什麼，再加上有艾德為他們恢復體力，因此他們現在的狀態依然很好，便與艾德交換雙方分開行動後的消息。

艾德詢問：「戴利已經回家了？」

貝琳點頭微笑道：「他家那邊沒有受到變異野獸的波及，我把他送回去了。」

隨即細心的貝琳察覺到艾德表情有些異樣，便詢問：「怎麼了？」

艾德嘆了口氣，道：「我在救治傷患時，得知城鎮的孩子們被變異野獸殺害了，阿莉莎也是遇害者之一。」

貝琳聞言倒抽一口氣：「天……」

布倫特他們的神情也變得凝重起來。

他們閉上雙眼，彷彿仍能看到那個安靜又乖巧的小女孩。那是一個很可愛，因爲頭髮被染成綠色而生悶氣的小姑娘，在記憶中如此鮮活，然而現實中卻已變成了冰冷的屍體，實在讓人感到難過又惋惜。

阿莉莎是戴利在這裡唯一稱得上是朋友的孩子，想到戴利那副即使彆彆扭扭也堅持著要向阿莉莎道歉的模樣，阿莉莎在戴利心裡顯然有著一定的分量。至於其他孩子雖然與戴利關係不好，可大家都是住在同一座城鎮的孩子，平常彼此之間也一定有所交集。

因此他們得知城鎮許多孩子遇害，都很擔心這個殘酷的眞相會不會對戴利造成創傷。

小孩子比大人更加情緒化，也更不懂得處理自己的情緒。他們的世界很小，雙親、鄰居、老師、玩伴……這些便構成一個小孩子的世界。

戴利沒有父親，作爲母親的母樹現正沉睡著，不知何時才能夠完全甦醒。因此對戴利來說，即使與這些孩子再不合，得知他們的死訊後也會很難過吧？

「我們去看看戴利吧！」艾德實在難以想像，戴利得知阿莉莎不幸過世會有多傷心。

就在布倫特等人點了點頭打算動身時，丹尼爾卻阻止他們：「不，我們去找城主，要求把戴利帶到其他城鎮定居。」

10. 善意的謊言

丹尼爾沒有布倫特的穩重、貝琳的細心、埃蒙的活潑、艾德的溫和，然而他卻對人性的黑暗有著足夠的敏銳。

艾德他們擔憂的，是戴利得知這事情以後的情緒，可丹尼爾首先想到的，卻是戴利不適合再在這個城鎮待下去了。

除了因爲與戴利相熟的孩子們都被變異野獸所殺，這種環境不利戴利的成長外，丹尼爾更擔心的是那些失去孩子的父母對待戴利的態度。

他們的孩子悲慘地被變異野獸殺死了，偏偏就只有戴利一人因爲離開了城鎮而幸運逃過一劫。那些孩子的親人，往後面對戴利時，還能夠保持平常心嗎？

他們會不會因爲自己孩子的不幸，轉而嫉妒戴利的好運？

會不會遷怒戴利這個倖存者？會不會因爲對方的幸運、自家孩子的不幸，而對戴利產生了怨恨？

如果這些心懷怨懟的父母遷怒戴利，對他做出任何不好的事，城鎮的人們會站在戴利那邊嗎？

雖說大家對妖精都特別照顧，然而親疏終究有別，這裡的居民在城內都有親朋好友，即使道理不在他們那邊，然而人心總是偏的。再加上那些父母失去了孩子讓人同情，丹尼爾可以斷言若真的發生遷怒等情況，戴利絕對孤立無援。

不是丹尼爾把人看得太壞，而是人心本就複雜，那些人不用對戴利做什麼太超過的事，只要排擠他就已經足夠那孩子難受了。其他居民顧念他們失去了孩子，又沒有對戴利造成實際傷害，甚至不會對此作聲。

也許一切都只是丹尼爾想多了，可是他從不會看輕人的惡意。反正戴利在這座城鎮也只是借住，只是暫時住處的話到哪裡不可以呢？光從城內已沒有同齡同伴這點，便已不適合戴利繼續待著了。

聽見丹尼爾的話，布倫特有些猶豫。他覺得就這樣把戴利帶走，是不是有些小題大作了？

在布倫特看來，雖然萊克斯城在這次的襲擊中遭到破壞，可戴利的家又沒有被波及，而且戴利在這裡住了一段時間，已經熟悉萊克斯城的環境，就這樣把人帶走不太好吧？

丹尼爾原本不想把對死者父母那些不好的揣測明說出來，然而看到布倫特這麼猶豫，只得和盤托出。

老實說，要不是丹尼爾想到這一點，布倫特幾人完全不會往這方面想。丹尼爾看到同伴們訝異的神情後，心裡暗暗苦澀。

因爲丹尼爾是精靈族與人類的混血，身爲族中的異類，從小性格便很敏感，這讓他對於人心的黑暗更有著敏銳的直覺。

但精靈大多都是與世無爭的淡然性格，小時候他對族人說出自己的想法時，族人的神情便如同此刻布倫特等人般驚訝。雖然面對丹尼爾時他們沒有多說什麼，只說他想太多了，不過丹尼爾卻在某次不小心聽見兩個族人在談論他，他們都認爲丹尼爾受到人類血統的影響，所以思想總是複雜又陰暗。

丹尼爾是那種自尊心很高、拉不下臉向人剖白內心的人，即使因爲別人的誤解而心痛，也不會爲自己辯白一句。

雖然在冒險者團隊中，丹尼爾總是一副看什麼都不爽的模樣，可是他很珍惜這個好不容易得來的容身之處。只是他的性格就是這樣，即使隊友們無法理解他的想法、認爲他小題大作，可丹尼爾仍會堅持把戴利送走，而往往誤會與衝突便就這麼形成。

在丹尼爾面對布倫特不贊同的目光、正要堅持己見地把事情鬧得不快時，卻見艾德恍然大悟地說道：「丹尼爾說得太對了！我沒有想到這點，幸好丹尼爾提了出來，的確把戴利帶走更好。」

素來心思坦蕩、不願把人往壞處想的布倫特聞言皺起了眉頭，義正詞嚴地說道：「我們不應該這麼揣測那些父母，他們終究只是些失去了孩子的可憐人。」

艾德卻理所當然地說道：「正因爲他們都是些可憐人，所以更有可能把氣出在戴利身上啊！」

一直旁聽著他們說話的獸族姊弟聞言流露出訝異，埃蒙好奇地詢問：「爲什麼會這麼說？」

艾德想了想，解釋：「因爲有些人總會覺得爲什麼就只有自己那麼可憐，如果看到別人比自己更不幸，那就顯得自己沒有那麼可憐了吧？」

獸族姊弟聽著都覺得心寒。他們還年輕，閱歷也淺，因此對艾德說的話只覺得很可怕，卻沒有太大的感觸。

然而對於曾周遊列國遊歷的布倫特來說，他的確遇上過艾德說的那種人。因爲自己過得不好而心靈變得扭曲，也想著要讓別人不好過。

明明即使把別人拉下地獄，對那些人來說也沒有絲毫好處，可還是會有人去做這種損人不利己的事情。

見布倫特明顯動搖了，艾德便再接再厲地勸說：「我們一路上會經過不少城鎮，到時候找一個適合的地方也是順道而已，礙不了什麼事情。這裡發生了這種不幸的事，戴利留下來也會觸景傷情。」

布倫特被艾德的一番話打動了，最終仍是應允下來：「那好吧。我們去找城主談談。」

丹尼爾原本已經生出了被同伴誤解、互相鬧得不愉快的心理準備，想不到艾德輕易便說服了布倫特，不由得深深地打量著對方，引來艾德莫名其妙的回望。

如果被艾德知道丹尼爾心裡所想，他一定會覺得哭笑不得。畢竟對艾德來說，這是好好溝通便可以解決的問題。

不過對丹尼爾來說，大概「好好溝通」就是一道最大的難題吧？

與城主討論的結果很順利，讓戴利住在這裡本來就只是為了履行照顧妖精的責任，城主並不在乎戴利是否離開。

對城主來說，他不會拒絕接收戴利，畢竟照顧妖精是他們所有種族理應履行的責任。可也沒有特別歡迎妖精的到來，有人願意帶走戴利，城主還暗暗竊喜呢！

城主對於眼前的冒險者們早有耳聞，得知他們雖然性情古怪，卻均為各族的權二代，都是些知根知柢且信得過的人。再加上他們實力強大，絕對能夠好好保護戴利，因此城主很放心把戴利交給他們。

眾人想要帶走戴利的要求，城主輕易便應允了下來，隨即想了想又道：「遇襲後大家都在忙，應該還沒有人有空去找戴利，說不定他還不知道那些孩子的死訊。既然戴利要搬到其他城鎮居住了，那這事情先瞞著他，讓他開開心心地離開吧。」

布倫特聞言猶豫片刻後，點了點頭。雖然他認為戴利有權知道那些孩子的死訊，可隨即又想到戴利的年紀還小，這麼小的孩子還不能好好調適心理狀況。

小孩子的心是很脆弱的，要是善意的謊言能夠讓他免受傷害，那為什麼不呢？小孩子忘性大，當戴利搬到了別的地方、有了其他新朋友後，很快便會忘記阿莉莎了吧？

雖然這麼做好像有些對不起阿莉莎，然而死者已矣，對於布倫特來說，生者永遠都比死者更加重要。

布倫特的決定，艾德也很贊同。

他忍不住想起自己小時候曾多次詢問安德烈，為什麼別的孩子都有爸爸媽媽，可他們卻沒有呢？他的父母到哪裡去了？

那時候安德烈告訴艾德，父母變成了星星，在天上守護著他們。

等到艾德長大，這才知道父母其實早已不在人世。但艾德卻沒有責怪安德烈的隱瞞，更不會因爲安德烈的善意謊言而覺得受到欺騙而忿怒。

也許就像他這般，長大後自然而然察覺到眞相，對戴利而言是更好的做法吧？

既然決定要隱瞞戴利，那麼眾人事不宜遲，立刻出發前往戴利的住所。

沿途所見都是一片被變異野獸破壞的街道，以及地上殘留的血跡。所幸走著走著，這些戰鬥留下來的痕跡逐漸減少。戴利的確非常幸運，不僅在變異野獸襲擊城鎮時正好不在，所居住的區域也不在被戰鬥波及的範圍。

戴利被貝琳送回來後，便一直很擔心外面的情況。只是他謹記著貝琳離開前的叮囑，心裡再擔憂也只乖乖留在家裡，一雙金綠色眸子一眨也不眨地盯著大門，就怕錯過任何人來找他。

因此當艾德敲響戴利家的大門時，幾乎下一秒戴利便將門打開。

艾德愣了愣，隨即安撫忍著一臉緊張的孩子：「放心吧！戰鬥已經結束了，敵人已經全部被消滅。」

聽到艾德的話，一直緊張不安的戴利這才放鬆下來。隨即他看了看眼前的冒險者們，雖然從衣服上的痕跡可以看出他們經歷過一場戰鬥，但身上沒有傷口，顯然沒有在那些變異野獸的攻擊下吃虧。

眾人進入戴利家後，便向他說明來意。聽到冒險者們會把自己安置到其他城鎮生活，戴利雖然有些訝異，但卻一口應允了下來。

畢竟母樹沉睡後的這些年來，戴利不只在一座城鎮中生活過，亦曾經歷居住的城鎮被魔族攻擊，因城鎮破壞得太嚴重須要重建而搬走。

反正對妖精來說，能夠眞正被稱之爲「家」的地方只有妖精原野而已，暫住在哪根本無所謂。因此當艾德幾人前來通知戴利要搬家時，他沒有多想便同意了。

艾德對此有些意外。這孩子平常都很態，但在某些時候卻又讓人感到很體貼。

彼此間達成共識，冒險者們便表示希望能趁天還沒黑前出發。戴利要求一些時間來收拾行李，拒絕艾德等人的幫忙，並約定集合時間後，雙方便暫時分開行動。

戴利一個人住、又是個孩子，家裡東西不多，何況他有過數次搬家的經驗，知道到達新的居住地後自有人會爲他準備好生活所需。因此他只帶了一些生活用品及幾件衣服，很快就準備好了。

空閒下來的戴利想了想，雖然他對這座城鎮沒什麼留戀，但阿莉莎好歹算是他唯一的朋友，戴利還是想在離開前見一見小伙伴。趁著離約定時間還有些空檔，戴利便跑到了阿莉莎家。

阿莉莎家就在戴利的家附近，同樣屬於沒有受到戰事波及的區域。戴利很快便來到阿莉莎家門前，並敲響了她家大門。

然而門卻遲遲沒有打開。戴利歪了歪頭，心想難道他們外出了還沒回來嗎？想到之前魔族的侵襲，戴利又有些擔心。

等了一會依然沒人來開門，戴利正要放棄離開之際，沒想到大門卻被打開了。

開門的人是阿莉莎的母親，戴利被她的模樣嚇了一跳：「阿姨，妳不舒服嗎？」

阿莉莎母親臉色蒼白、雙目紅腫，看起來非常憔悴。雖然她的表情淡然，然而在平靜中卻透露出一絲瘋狂，戴利下意識後退了兩步。

阿莉莎的母親沒有回答戴利的疑問，而是反問道：「你過來是有什麼事嗎？」

見對方明顯心情不好，戴利心裡有些害怕，結結巴巴地說：「就是、就是那些冒險者要帶我離開這裡，到別的城鎮居住，城主大人已經同意了……所以離開前，我特意過來與阿莉莎道別……」

阿莉莎的母親聽到那些冒險者急匆地要把戴利帶走，立即猜到他們這麼做的原因。看到戴利特別過來找阿莉莎道別，顯然仍被蒙在鼓裡，不知道城裡孩子們的死訊。

一想到這點，阿莉莎的母親便覺得意難平。

眞好呀！那些人對他眞好……爲了他眞是費盡心思了……

這小子憑什麼獲得那麼多人的照顧!?

我的阿莉莎這麼乖這麼可愛，爲什麼卻年紀輕輕便要死去？

憑什麼！

戴利眞是好運，如果這運氣給阿莉莎就好了……

他不僅毫髮未傷，還能夠對一切毫不知情地離開城鎮嗎？

怎麼世上的好事都給他佔了？

阿莉莎的母親只覺得腦海裡充斥著各種負面情緒，她的理智知道阿莉莎的死與戴利無關，也很明白傷害戴利於事無補，然而卻無法控制自己想要對戴利惡言相向的衝動。

尤其看到對方一副什麼也不知道、將要去展開新生活的模樣，她便滿心惡意地想讓戴利知道阿莉莎的事，甚至拉他去看看阿莉莎殘缺不全的屍體，好讓戴利能夠記著自己的女兒一輩子。

戴利看到阿莉莎的母親神情莫測的模樣，感到很害怕，甚至已經想離開，可就這樣子跑掉的話實在太沒禮貌，只得站在原地，忐忑不安地等待著對方的回應。

結果阿莉莎的母親臉上閃現過一陣掙扎後，便冷冰冰地說道：「阿莉莎今天受了驚嚇，已經睡了。」隨即便「砰」的一聲把大門關上，將戴利關在門外。

雖然戴利有感覺到阿莉莎的母親一向不太喜歡自己，可卻想不到這次她會把厭惡明顯表現出來，直接要趕走他。

搔了搔臉，戴利不由得反省自己是不是真的太皮了，終於變得神憎鬼厭？

有些可惜無法在離開前見一見阿莉莎，不過阿莉莎的母親今天這麼反常，戴利實在沒有勇氣再去糾纏她了，也不敢像以往那般不依不撓地耍脾氣，只得垂頭喪氣地離開。

當戴利拿著行李到約定地點與艾德他們會合時，艾德立即察覺到孩子蔫蔫的，沒什麼精神。

真是稀奇了，這孩子總是活潑得像有無窮精力似地，這還是艾德第一次看到他這麼沒精神的模樣。

難道是捨不得離開？

可之前告訴戴利要搬去其他城鎮時，他一副無所謂的模樣啊？

艾德在孩子面前蹲下，詢問：「怎麼不高興了？」

戴利無精打采地說道：「剛剛我去阿莉莎的家找她……」

眾人聽到戴利的話，心裡都咯噔了一聲，藏不住心思的埃蒙還緊張得變了神色。

只聽戴利續道：「可是開門的是阿莉莎的媽媽，她說阿莉莎今天受到驚嚇已經睡了，不許我吵醒她……哼！我就知道她不喜歡我！」

眾人一直提著的心，聞言後這才放鬆下來。隨即又為自己對阿莉莎母親的猜疑而感到愧疚。

想到戴利竟然還跑去找阿莉莎，幾個人都被嚇出一身冷汗。誰也不知道一個失去孩子的母親行事會不會變得瘋狂，幸好戴利並沒有因此而受到傷害。

艾德摸了摸戴利的頭，道：「不會喔，我覺得阿莉莎的母親滿喜歡你的。」

面對戴利滿臉的疑惑，艾德卻沒有多向他解釋什麼。

雖然有些人會因為自身的不幸而遷怒別人，可也有人會在不幸中守住本心，並對世界溫柔以待。

艾德很慶幸，戴利身邊的都是些溫柔的人。

牽起戴利的手，艾德笑道：「趁著天還沒黑，我們出發吧。」

然而已經從沮喪情緒中恢復過來的戴利，這次卻沒有那麼乖巧了，他不耐煩地掙脫了艾德的手，不滿地嚷道：「我不是小孩子了，不用你牽著！我自己會走！」

艾德：「……」好吧！熊孩子始終是熊孩子。

艾德苦笑著搖了搖頭，替戴利把行李收進空間戒指裡，隨後更取出一包蜂蜜糖遞給他：「之前答應了給你的，我可一直記著呢！」

回到城鎮後被變異野獸嚇了一跳，隨後又因爲要搬家而一直不得空的戴利，反倒把糖果的事情忘得一乾二淨了。

戴利眼珠機靈地骨碌碌一轉：「不是答應給我五包嗎？」

艾德敲了敲孩子的頭，道：「不許坐地起價，不要的話拉倒。」

見艾德一副要把糖果收回去的模樣，戴利連忙把糖果拿下：「一包就一包，小氣鬼！」

戴利心想：原本還打算請你們每人吃一顆蜂蜜糖的，現在不了，全部都是我的！饞死你們，哼！

看著戴利驕恣地走在前頭，艾德總覺得……

有了這熊孩子的加入，接下來的旅程絕對會熱鬧得很呢！

《光之祭司 02 靈魂誓約》完

✧後記

大家好！

還記得我在第一集向大家介紹過的、我家的金太陽鸚鵡豬豬嗎？

這孩子已從一個小屁孩成長為中二病的少年，不僅領略了咬人的樂趣，外貌也有了華麗的變化。綠色的羽毛開始脫落，取而代之長出了金紅色的漂亮羽毛。現在牠的羽毛顏色雖然還有些斑雜，可是已經能夠看出金燦燦的帥哥影子了。

飼養金太陽幼鳥眞的很推薦挑選那種翅膀全綠的孩子。能夠看到牠華麗變身的過程，特別有成就感呢！

另外，最近也開始帶豬豬出門，開啓了每天帶牠外出曬太陽的生活。

有些主人會選擇剪掉鸚鵡的飛行羽，好處是鸚鵡飛不太高，沒那麼容易走失。

然而即使剪了飛行羽，鸚鵡受驚時一樣會飛走，而且飛不好的鸚鵡走失時難以躲避危險。加上還有運動量不足引發的身體問題，以及可能導致的心理影響，因此我養的鸚鵡都沒有剪飛行羽。

家裡所有窗戶都安裝了窗網，平常在家時會放豬豬出來自由飛翔。外出時為免走失，會爲牠戴上一條彈力腳繩。

豬豬外出時算是很穩定，一開始曾被街上的聲響嚇到。幸好有替牠上腳繩，不然牠便飛走了。

無論什麼寵物，外出時牽繩眞的很重要呢！

接下來的內容會有些劇透，大家請先看正文喔！

這一集有新角色登場，他便是可愛的妖精戴利。

記得在《夜之賢者》中，大家都非常喜歡第一集角色們孩童的時代。沈夜被一群乖巧可愛的孩子包圍著眞的很幸福。

可是呢，「小孩子」這種生物在我的心目中其實更多的是偏向戴利這種熊孩子的模樣。外表可愛，可吵鬧起來是十足十的小惡魔！

有這麼一個活潑的孩子加入冒險小隊，除了變得熱鬧起來，也足夠讓他們頭痛了吧？XD

這次的主角作爲不受歡迎的人類，受到不少不平等的對待與歧視，有讀者反映艾德的遭遇讓他感到生氣又心疼。

人是感性又複雜的生物，遷怒這種行爲固然不可取，然而卻是人之常情。在受到傷害時，很多時候都會產生負面的想法，遷怒別人以發洩怒氣。可也是有些人明明心裡在下雨，卻還是願意對世界溫柔以待，就像在這一集裡出現的那位失去愛女的夫人。面對她素來不喜歡的戴利，卻願意說出一個善意的謊言。

善良是一種選擇，希望看到這本小說的大家也能夠成爲一個選擇善良、溫柔的人。

◆◇◆

寫這篇後記時，天氣開始清涼了。現在還須要過著外出戴口罩的日子，但至少在這清涼的天氣裡，戴著口罩總算沒那麼悶熱與辛苦了。

希望這個蔓延全球的疫情盡快結束，大家都能夠恢復到正常的生活吧！

香草

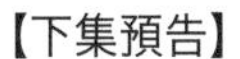

光之祭司

傳說，人類打開了魔界之門，
不僅召喚出恐怖魔物、得罪所有種族，更滅亡了自己，
這片魔法大陸上，從此一人不剩……

爲了取得艾德的記憶與獲得剋制魔族的線索，
冒險團隊一行人帶著戴利往海上出發。
沒想到乘坐水軍的巡邏船渡過海峽時，竟遇上了海妖襲擊！
流落荒島的艾德等人，只得在島上等待伙伴救援，
卻在此時再次遭逢意外……

沒了布倫特等隊友緩衝，艾德與丹尼爾關係急凍，
才剛踏出第一步的合作關係，瞬間破滅？

老好人的 痞氣的 很不獸族的 溫柔又矜持的
龍族隊長＋精靈弓箭手＋獸族殺手＋人族「全民公敵」
魔法大陸的問題，可不僅僅只有魔物啊！

VOL.3.〈海上歷險〉
～2021年國際書展，敬請期待～

國家圖書館出版品預行編目資料

光之祭司 / 香草 著.
——初版. ——台北市：魔豆文化出版：蓋亞文化發行，2020.11
冊； 公分.（Fresh；FS181）
ISBN 978-986-98651-5-9（第二冊：平裝）
857.7 109009119

FS181

光之祭司 2

作　　者　香草
插　　畫　阿蟬
封面設計　克里斯
主　　編　黃致雲
總 編 輯　沈育如
發 行 人　陳常智
出 版 社　魔豆文化有限公司
發　　行　蓋亞文化有限公司
地址：台北市103承德路二段75巷35號1樓
電話：02-2558-5438　傳眞：02-2558-5439
電子信箱：gaea@gaeabooks.com.tw
投稿信箱：editor@gaeabooks.com.tw
郵撥帳號 19769541　戶名：蓋亞文化有限公司
法律顧問　宇達經貿法律事務所
總 經 銷　聯合發行股份有限公司
地址：新北市新店區寶橋路二三五巷六弄六號二樓
電話：02-2917-8022　傳眞：02-2915-6275
港澳地區　一代匯集
地址：九龍旺角塘尾道64號龍駒企業大廈10樓B&D室
電話：+852-2783-8102　傳眞：+852-2396-0050
初版一刷　2020年 11月
定　　價　新台幣 199 元
Published and printed in Taiwan

ISBN 978-986-98651-5-9

FS181

光之祭司 2

魔豆文化　讀者迴響

感謝您在茫茫書海中選擇了魔豆，您的支持是我們最大的動力。
不要缺席喔，讓我們一起乘著夢想的羽翼，穿越時空遨遊天地！

姓名：　　　　性別：□男□女　　出生日期：　年　月　日

聯絡電話：　　　　手機：

學歷：□小學□國中□高中□大學□研究所　　職業：

E-mail：　　　　（請正確填寫）

通訊地址：□□□

本書購自：　　縣市　　書店

何處得知本書消息：□逛書店□親友推薦□DM廣告□網路□雜誌報導

是否購買過魔豆其他書籍：□是，書名：　　□否，首次購買

購買本書的動機是：□封面很吸引人□書名取得很讚□喜歡作者□價格便宜□其他

是否參加過魔豆所舉辦的活動：
□有，參加過　　場　　□無，因爲

喜歡出版社製作什麼樣的贈品：
□書卡□文具用品□衣服□作者簽名□海報□無所謂□其他：

您對本書的意見：
◎內容／□滿意□尚可□待改進　　◎編輯／□滿意□尚可□待改進
◎封面設計／□滿意□尚可□待改進　◎定價／□滿意□尚可□待改進

推薦好友，讓他們一起分享出版訊息，享有購書優惠
1.姓名：　　e-mail：
2.姓名：　　e-mail：

其他建議：

◎請沿虛線剪開、對摺、裝訂後寄出

（請沿虛線剪開、對摺、裝訂後寄出

廣告回信　郵資免付
台北郵局登記證
台北廣字第00675號

TO：魔豆文化有限公司　收

103 台北市承德路二段75巷35號1樓

魔豆

魔豆